理想の教室

『ロミオとジュリエット』恋におちる演劇術

河合祥一郎

みすず書房

目次

第1回　時間のトリック——構造

永遠の恋愛悲劇『ロミオとジュリエット』は、青春のエネルギーにあふれ、親や社会を半ば敵に回すようにして密かに恋を貫こうとしながら、度重なる不運によって死を迎える“Star-crossed lovers”（不幸の星のもとに生まれた恋人たち）の悲しくも美しい恋の物語です。演劇界では短く『ロミ・ジュリ』と呼ばれて親しまれていますが、このはかなくも短い悲恋の物語がどれくらい短いかご存じでしょうか。クイズにしてみましょう。これは何日間の物語でしょうか？

① 3日間　② 4日間

③ 5日間　④ 6日間

ただし、ご注意ください。このクイズはシェイクスピア的なクイズです。「シェイクスピア的な」というのは、1たす1は2にならないかもしれないし、正解はひとつに限らないという意味です。それはそうなのだけれど、そうではないという矛盾する世界、表があれば裏がある世界、好きなのに嫌いといった世界——それがシェイクスピア的な世界なのです。

論理学には「AであってなおかつAでないということは、ありえない」という矛盾律がありますが、シェイクスピアは矛盾律など気にしません。シェイクスピアには、「きれいは汚い、汚いはきれい」（『マクベス』）とか、「陽気な悲劇」「熱い氷」（『夏の夜の夢』）といったように、常識的には矛盾したことを表わす**オクシモロン（撞着語法《どうちゃくごほう》、矛盾語法）**という表現がたくさん出てきます。『ロミ・ジュリ』でも、甘く切ない恋の矛盾する性質をロミオが次のように描写します。

だから、ああ、憎んで恋をし、恋ゆえに恨《うら》みが募《つの》る。
そもそも無から生まれた有だ！
くだらぬことで憂《うれ》いに沈み、戯《たわむ》れ事に真剣になる。
恋と呼べば聞こえはいいが、その内実はどろどろだ！
まるで鉛の羽根、輝く煙、冷たい炎、病んだ健康、
覚醒《かくせい》した眠り、休まらぬ休息といったところだ！
〔中略〕
恋とは、溜《た》め息の雲から立ちのぼる煙だ。

晴れれば、恋する者の目に火の手があがり、
霞《かす》めば、恋の涙で海の嵩《かさ》が増える。
そうだろ？　実に分別ある狂気さ。

恋は狂気だとシェイクスピアは他の作品でも言っています。大きな喜びに激しい苦しみが伴う恋ほど、オクシモロンの例にふさわしいものはないかもしれません。

ジュリエットもまた、殺人を犯した恋人ロミオのことを「美しい暴君、天使のような悪魔、鳩の羽持つ鴉《からす》、狼のように貪《むさぼ》る羊！〔中略〕呪われた聖人、徳高い悪党！」と、やはりオクシモロンを使って表現します。ほかにも、「これはクレシダであってクレシダではない」（『トロイラスとクレシダ』）、「私は私ではない」（『十二夜』、『オセロー』）、「（私の恋人は）私のものだけど私のものではない」（『夏の夜の夢』）など、シェイクスピアは至るところでオクシモロンを使っています。

ということで、正解は③ですが③ではなく、②ですが②でなく、④ですが④ではありません。（①でないことだけは確かです。）

そういういいかげんなことでは困るとか、答えは絶対ひとつのはずだと思ってしまう人は、心のマッサージをしてください。これから読むのは恋愛悲劇の最高傑作です。愛のために命をかける若者たちの話です。

命がけの恋愛なんて自分にできるだろうかとまず考えてみてください。好きな人が死んだら、あなたも死にますか。死にたいという気持ちになっても、実際にいきなり短剣で自殺したりするでしょうか。そんなことをする人は、バカです。でも、人間というものは根本的に愚かであって、その愚かさのなかにこそ人間らしさがあるのだというのが、シェイクスピアの時代の人文主義《ヒューマニズム》思想なのです。恋人と死別して悲しくて死にたいと思っても、たいていの人は理性が働いて思いとどまるでしょう。だから、この作品を理解するためには、理性を超えた感性の大切さを知ることが必要なのです。

あんまり理知的で賢いと、恋はできません。みなさんは「賢いこと」が良いことだと信じてきたかもしれませんが、恋愛に関する限り、そうではないのです。

恋は狂気だとシェイクスピアは言います。ほかの人には理解しがたい世界に入ってしまうのですから、理性的でないことだけは確かです。詩を書いたり、恋をしたりするときに、人は非理性的な想像力の世界に入り込むのだというのがシェイクスピアの考えです。そこでは理性は無力となります。理性を捨てて、感性に身を委ねるのです。

理性で確認できるのはカメラ・アイで捉えられる客観的事実であり、その向こうにある主観的真実を捉えるためには心眼で見なければならず、感性を総動員しなければなりません。大好きだけど憎らしいといった矛盾した気持ちがわかるような気がし始めたら、『ロミ・ジュリ』の物語のなかへ入っていく準備OKということです。

それにしても、先ほどのクイズの答えがひとつでないなんてやっぱりありえないと思っている理知的な人もいることでしょう。作品を丁寧に読めば、必ずひとつの答えが出てくるはずだと。

それでは確かめてみましょう。どうして4日であり、5日であり、6日であるなんてことがありえるのか。その理由のひとつは、数え方にあります。ロミオとジュリエットが出会ってから死ぬまでのあいだを数えるのか、物語全体の長さを数えるのかで答えがちがいます。もうひとつの理由は、シェイクスピアが時間のトリックを使っていることです。物語の時間の流れをていねいに追っていくと、おかしなことが起こるのです。計算してみると、そんなに時間が経つひまがないはずなのに、いつのまにか時間が経過していたりします。

観客の目の前ですべてを披露しているはずなのに、気づかれないように観客の目を盗んで、思いもかけぬ展開を見せる。そんなテーブル・マジックのようなシェイクスピアの劇作テクニックを確かめるために、タイムマシンに乗ったつもりで、物語の時間を最初から最後まで駆け抜ける旅にでかけてみましょう。

☆

その前に、この時間旅行に必要なパスポートをお渡しします。

それは、ドラマトゥルギー（dramaturgy ドラマの流れ、劇作術）についての基礎知識です。皆さんは、クライマックスという言葉を聞いたことがあると思いますが、クライマックスとは、ドラマの流れのなかで最も盛り上がる部分を指します。では、クライマックス以外の部分は何と呼ぶのでしょうか。ドラマトゥルギーは次の4つの部分から成り立っていることを覚えておいてください。

① 提示部（exposition）
② 展開部（development）
③ クライマックス（climax）
④ 解決部（resolution）

「提示部」とは、登場人物紹介や状況説明などを行ない、観客に舞台の設定を理解させる部分です。その状況が進展し、事件がふくらんでいくのが「展開部」。そして、「クライマックス」が最大の見せ場となり、最後の「解決部」では、興奮が少しずつ収まって芝居のまとめとなります。漢詩の組み立て方として日本人におなじみの「起」「承」「転」「結」

の4つの部分と対応させて理解してもよいでしょう。これを図で示すと、次頁（図1）のようになります。

縦軸は観客の緊張（興奮）の度合い、横軸は時間の経過を示します。時間が0ということは芝居が始まっていないことを示し、このとき観客の興奮の度合いも0です。それが、提示部から展開部にかけて段々と緊張が高まってきて、クライマックスで最高潮に達し、それから解決部でやや下がって落ち着きます。劇場から帰るときには、芝居を見始める前よりも観客は興奮した状態にいることになるわけです。

このような構造はひとつひとつの幕にも見られますし、幕を構成する場それぞれにも見られます。第1幕には第1幕のドラマトゥルギーがあり、第2幕も同じようなドラマトゥルギーがあって、それが最終幕まで続いていきます。すると、それが全体として大きなひとつのドラマトゥルギーを形成することになるのです（図2）。

同じ理屈で、ひとつの幕や場のドラマトゥルギーは、小さなドラマトゥルギーの連続で成り立っています（図2の拡大図）。

つまり、**提示部→展開部→クライマックス→解決部という流れが何度も繰り返されていく**わけです。日本の伝統芸能の能では「序破急」という3段階で考えることになっていますが、20世紀最大の演出家ピーター・ブルックによれば、解決部はその次に来る提示部と

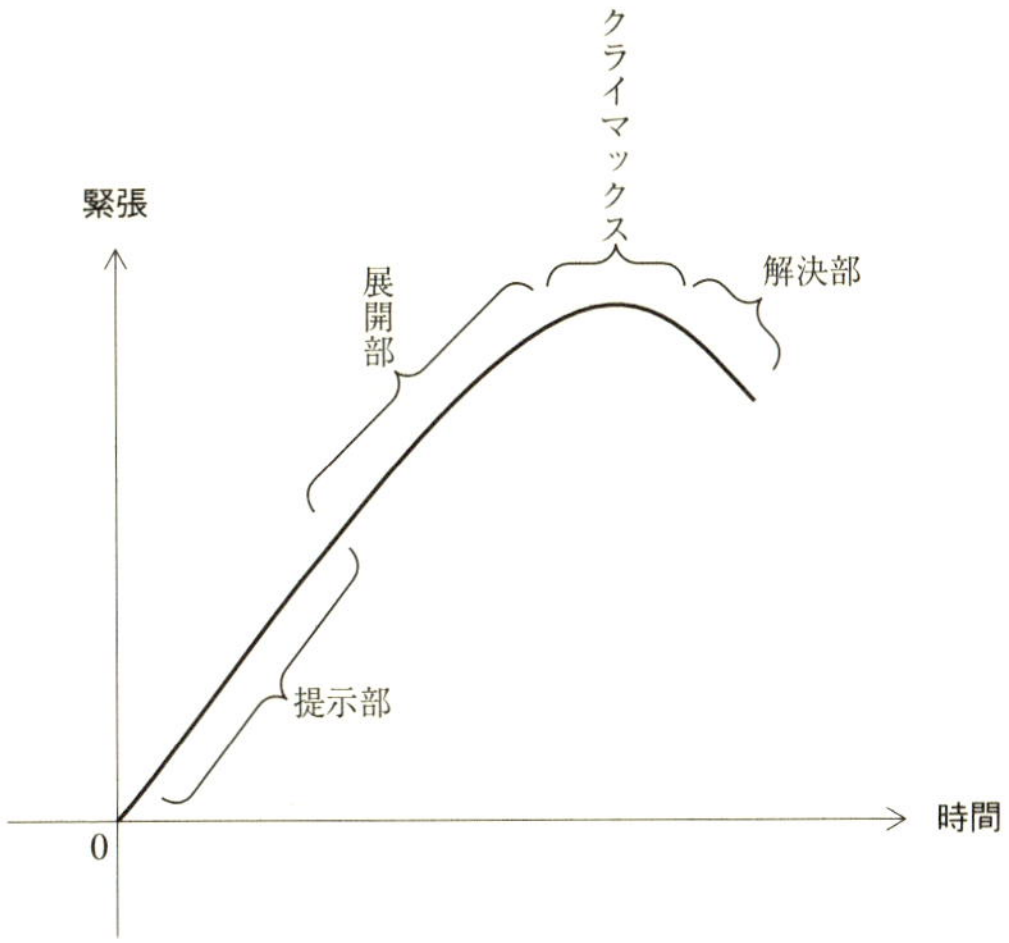
緊張
クライマックス
展開部
解決部
提示部
時間
0
図 1

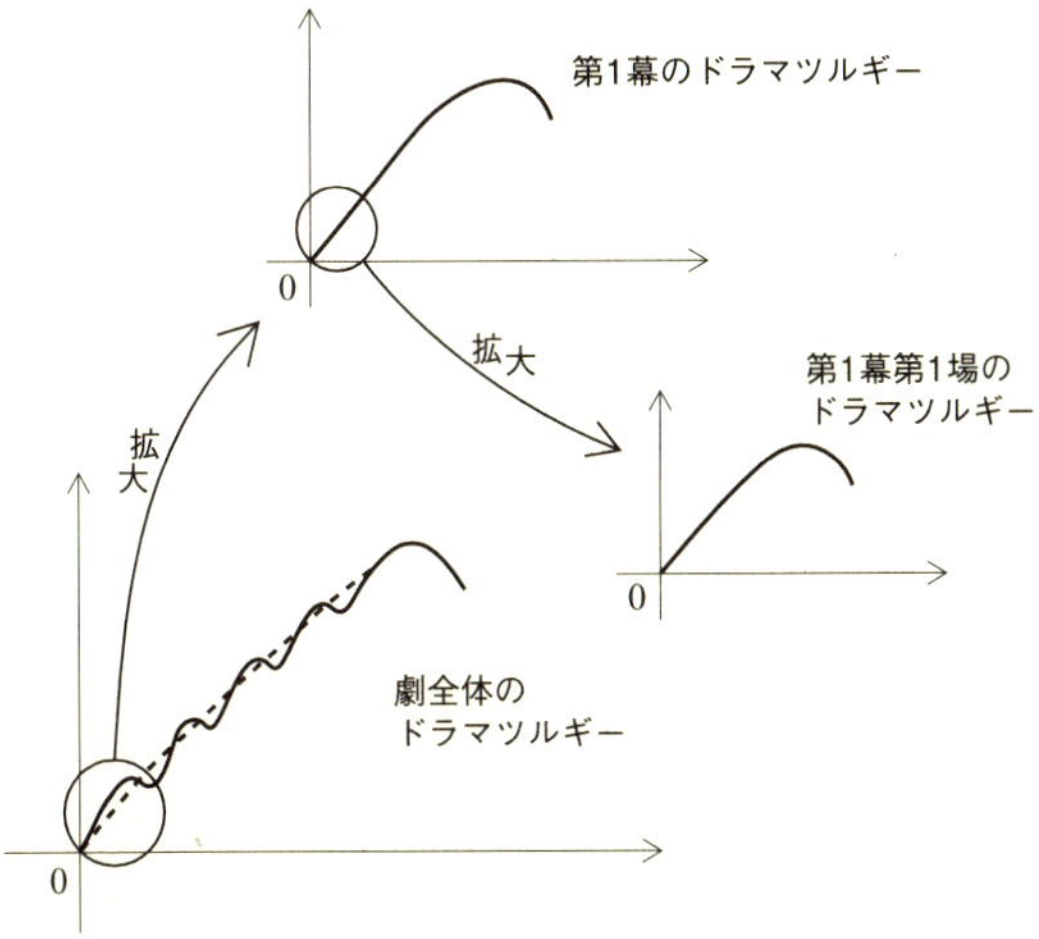
第1幕のドラマツルギー
0
拡大
第1幕第1場の
ドラマツルギー
0
拡
大
劇全体の
ドラマツルギー
0
図 2

重なるので西洋のドラマトゥルギーの4段階は「序破急」と同じことになるそうです。つまり、次のようになります。

提示部（序）
→展開部（破）
→クライマックス（急）
→解決部＝提示部（序）
→展開部（破）
→クライマックス（急）
→解決部＝提示部（序）
→展開部（破）

それでは、いよいよ、イタリアへ旅してみましょう。季節は夏。7月中旬。恋にも喧嘩《けんか》にも火がつきやすい暑い季節です。舞台は、二つの名門キャピュレット家とモンタギュー家がしのぎをけずるヴェローナ。

幕開き、日曜日の朝っぱらから、キャピュレット家の従者サムソンとグレゴリーが、卑猥な冗談を言いながらモンタギュー家への敵意を表わします。提示部の始まりです。

サムソン　**モンタギューの野郎どもはぶち殺すが、女はかわいがってやる。**

グレゴリー　喧嘩はご主人同士、俺たち男同士のものだよ。
サムソン　同じことだ。俺は大暴れして、男をひどい目にあわせたあと、女にはいい目を見せてやる。乱れた棒をさしあげよう。
グレゴリー　乱れた棒？
サムソン　ああ、乱暴という棒をぶちこむ。わかるだろ。
グレゴリー　ぶちこまれれば痛いほどわかるだろうね。
サムソン　わからせてやるよ、俺様がぴんと立っているあいだはな。この体は馬並みだと評判なんだぜ。
グレゴリー　魚並みじゃなくてよかったね。魚なら、たら〜だ。おっと、腰のモノを抜け。モンタギュー家の奴らがやってきた。

（訳は河合訳です。巻末の「読書案内」をごらんください）

モンタギュー家の従者たちが現われると、「男なら抜け」と怒号が飛び、喧嘩騒ぎとなります。直ちに仲裁に入るのが、ロミオのいとこで冷静なベンヴォーリオ。従者たちを叱りつけて、喧嘩をやめさせようとします。

ベンヴォーリオ　引け、馬鹿者！　剣を収めろ。何をしているかわからんのか。

ところが、ジュリエットのいとこで喧嘩早いティボルトが、啖呵《たんか》を切ってベンヴォーリオに挑みかかります。ロミオとジュリエットが出会う前に、まず、そのいとこ同士が出会うという展開です。

ティボルト　おっと、雑魚《ざこ》相手に剣を抜いているのか。
　こっちを向け、ベンヴォーリオ、この死神〔剣のこと〕を拝みやがれ。

こうしてあちこちで剣の音がこだまし、やがて喧嘩は市民たちを巻き込んでいきます（なお、〔　〕は原文にない部分を示します）。そのうち、ジュリエットの両親キャピュレット夫妻も飛び出してきて、ロミオの両親モンタギュー夫妻とにらみ合います。

モンタギュー　おのれ、にっくきキャピュレット！——止めるな、離せ、手を離せ！♪
モンタギュー夫人　敵と戦うおつもりならば、一歩たりともなりませぬ。♪
　（♪マークは韻を踏んでいることを示します。韻については第3回でくわしくお話しします）

やがて喧嘩に収拾がつかなくなってきたとき、ヴェローナの街のお殿様である大公エスカラスが現われて場を鎮めるところが小さなクライマックスとなります。

大公　平和を乱す不逞《ふてい》のやから。
　隣人の血にて刃《やいば》を汚《けが》すとは——

大公はキャピュレットとモンタギューをそれぞれ呼び出して厳重注意をすることにし、

騒ぎは終わります。一同が退場するところが解決部となり、一区切りついて新たな展開が始まります。今度は、この場にいなかったロミオが話題となります。

モンタギュー夫人　**あら、ロミオは？　見かけましたか、うちの子を？♪**

よかったわ、この喧嘩にあの子が居合わせなくて。♪

モンタギュー夫人に答えて、ベンヴォーリオが、夜が明ける1時間前から森の木陰で独り歩くロミオを見たと言います。ロミオは、ロザラインという娘を想って恋煩《こいわずら》いをしているのです。ジュリエットとは別の娘に恋をしているとは意外かもしれませんが、これはシェイクスピアが種本（粉本）に使ったアーサー・ブルック作『ロウミアスとジュリエットの悲劇的物語』（一五六二）の設定によるものです。ロミオは、まだ本当の恋を知らない、恋に恋する男として登場するのです。

そして、噂をすれば影。ロミオが姿を現わします。

ベンヴォーリオ　**おはよう、ロミオ。**

ロミオ　**まだ朝か。♪**

ベンヴォーリオ　**九時を打ったばかりだ。**

ロミオ　**ああ！　つらい時間は長いなあ。♪**

今、急ぎ立ち去ったのは、わが父上か。

ベンヴォーリオ　**そうだ。何が悲しくて君の時間は長くなるんだい？**

ロミオ　**時間を短くしてくれるものがないからさ。**

ベンヴォーリオ　**恋か？**

ロミオが「つらい時間は長い」と言うのは、報われぬ恋をしているからです。もし好きな女性が恋に報いてくれて互いに夢中になれたら、楽しい時間はあっという間に過ぎることでしょう。ロミオが「時間を短くしてくれるものがない」と嘆くのは、相思相愛の恋という〈時間の加速装置〉がないからです。

このようにシェイクスピアは、なかなか進まない時間と、あっという間に経《た》ってしまう時間とを区別します。**時間を忘れるほど何かに夢中になっているときと、時間の経過を苦しみながらじっと耐えるときでは時間の質が違う**ということです。あとで確認するように、こうした心理的な時間の長短を利用してシェイクスピアは時間のトリックを仕掛けます。

さて、場面変わって第2場、日曜の午後です。大公の親族である青年貴族パリス伯爵が初めて登場し、ジュリエットの父親キャピュレットに結婚の許しを求めるという新たな提示部です。

パリス　**ところで、お願いしたお話はいかがでしょうか。**

キャピュレット　既に申したことを繰り返すのみだ。
娘はまだ世間知らず。
十四の春も迎えておらぬ。
あと二夏《ふたなつ》がすぎぬうちは、♪
花嫁となるには早すぎる。♪

父親は娘の結婚は早すぎると言いながら、今晩キャピュレット家で開かれる恒例の舞踏会で娘を口説いてみなさいとパリスに言います。娘がその気になれば結婚させよう、大切なのは娘の気持ちだ、親の意向など関係ない、と調子のよいことを並べ立てますが、のちに娘の気持ちを踏みにじって無理やり結婚を命じることになるなど自分では思ってもみないのです。

キャピュレットは召使に招待客リストを渡し、召使は、たまたま通りがかったロミオにそれを読みあげてもらいます。そこには、多くの客にまじって、キャピュレットの「美しき姪ロザライン」の名があり、ベンヴォーリオがこう言います。

ベンヴォーリオ　キャピュレット家恒例の晩餐会には、
君が愛している美しいロザラインも出席する。
そしてヴェローナじゅうの絶世の美女たちもな。

行きたまえ、君も。そして穢《けが》れない目で、
あの人の顔を、ぼくが教えるほかの顔と比べたまえ。
そうしたら君の白鳥も烏《からす》に思えてくるはずだ。

ベンヴォーリオは他の美女を見てロザラインを忘れてしまえと忠告し、ロミオはロザラインの姿を一目見るために、友人たちとともに敵方の舞踏会に忍び込むことにする……と話は続いていくのですが、実はすでにここでシェイクスピアは観客の盲点をついたトリックを仕掛けています。というのも、ロミオはこののち舞踏会でジュリエットと出会って恋に落ち、彼女がキャピュレット家の娘であると知って、「あの子はキャピュレット？」と驚き、恋してはならぬ人を恋してしまったと悔やむのですが、そもそもロザラインだってキャピュレット家の人間なのです。招待状にはキャピュレットの「美しき姪ロザライン」と書かれていました。キャピュレットの「姪」なのですから、ジュリエットのいとこです。最初からキャピュレット家の女の子に惚れておきながら、なにをいまさら「あの子はキャピュレット？」と驚くのかとツッコミを入れたくなりますが、芝居を観ているときはだれもこの矛盾に気づかないものです。そしてまた、気づかなくてよいのです。それよりも大切なことは、ロミ・ジュリのいとこ同士が斬り結ぶことで始まるこの劇では、「いとこ」が代理として重要な役割を果たしており、ロザラインもまたジュリエットの代理として位置づけられているという点です。

ロザラインは、いわばロミオの頭のなかだけに登場する女性で、舞台には登場しません。ジュリエットが登場した時点で、ロミオの頭からも観客の関心からも消えていく人物なのであり、この悲劇では、やがてすべてのいとこたちが——ティボルトとベンヴォーリオも——消え去ることで、ロミ・ジュリの二人だけに観客の意識が集中していく構造になっているのです。

続いて第3場。ようやく、ジュリエット本人の登場です。劇のもうひとつの提示部です。乳母がジュリエットを呼ぶ次のセリフが、この劇で初めてジュリエットの名前が口にされる瞬間となります。

キャピュレット夫人　ばあや、娘はどこかしら？　呼んで頂戴《ちょうだい》。
乳母　おや、十二のときのあたしの処女に誓って、お呼びしたんですがね。子羊ちゃん！　てんとう虫ちゃん！　あらやだ！　どこいらしたんでしょ。ジュリエットさま！

呼びかけに応じて現われたジュリエットに、キャピュレット夫人はパリス伯爵との結婚を考えるようにと話します。乳母のおしゃべりが笑いを誘い、ジュリエットの花婿選びに期待が高まります。時刻は夕方。もうすぐいよいよ舞踏会です。

場面が変わって、その舞踏会に忍び込もうと夜道を行進するロミオとその仲間たち。ロミオはどこか気が晴れません。親友のマキューシオが元気づけます。

ロミオ　舞踏会に行こうという心はあるが、♪
行こうというのは利口じゃない。
マキューシオ　　　　　　　その心は？♪
ロミオ　昨夜《ゆうべ》夢を見た。
マキューシオ　　　　　俺もさ。♪
ロミオ　どんな夢だ、君のは？
マキューシオ　　　　　夢を見る奴は嘘をつくという夢さ。♪
ロミオ　つくのは寝床だ。それに夢は正夢さ。♪
マキューシオ　ああ、それじゃ、おまえ、マブの女王と一緒に寝たな。♪
妖精たちが夢を産むのを助ける産婆役だ。
町役人の人差し指に光る
瑪瑙《めのう》のように小さな姿でやってきて、
芥子粒《けしつぶ》ほどの小さな動物の群れに車をひかせ、
眠っている人間どもの鼻先かすめて通って行く。
〔中略〕

ロミオ　おい、よせ、マキューシオ、よせ！
おまえの言うことには意味がない。
マキューシオ　そりゃそうさ、夢の話だからな。
頭の無駄な働きが生み出した妄想さ。
つまらん空想が生みの親。

マキューシオはかなり長々とわけのわからない夢の話をするのですが、ここで不思議な夢が語られる意味については第2回でお話しすることにしましょう。

第1幕の最終場である舞踏会の場は、幕全体のクライマックスとなります。ロミオとジュリエットの感動的な《出会いの場》です。

ロミオ〔召使に〕あちらの紳士の手を優雅にとっていらっしゃる
ご婦人はどなたです。
召使　さあ、存じません。
ロミオ　ああ、あの人は松明《たいまつ》に明るい輝きかたを教えている！♪
夜のくすんだ頬を染め、揺れて輝くそのさまは、♪
黒人娘の耳にきらめく豪華な宝石。♪
しまっておきたい美しさ。この世のものとも思われぬ。♪

ほかの女に囲まれて、あの人だけが光るのは、♪
あたかも烏《からす》の群れにただ一羽、雪と降《お》り立つ白い鳩。♪
踊りが終わるそのときに、どこに行くのか見ていよう。♪
あの手に触れて、卑《いや》しいこの手を清めてもらおう。♪
今までに恋をしたのか、この心？　この目よ、誓え、しなかったと。♪
真《まこと》の美女を、今宵《こよい》まで、目にしたことはなかったと。♪

二人は互いに見つめあい、激しい恋に落ちます。二人が人目をしのんでキスをしているとき、舞踏会の別の場所では、宿敵ロミオが忍び込んでいることに気づいたティボルトが自分の家が侮辱されたと怒り、ロミオを斬り捨てようといきりたっています。

ティボルト　あの声はモンタギューの家の者。
小僧、俺の剣をもってこい。〔少年退場〕あの野郎、
馬鹿げた面《めん》なんかつけやがって、
うちの儀式を馬鹿にしに来たな。
よし、わが一族の名誉にかけて、♪
奴を叩《たた》き斬っても罪とは思わぬ。♪

しかし、叔父のキャピュレットにとどめられ、ティボルトはおとなしくするしかありま

せん。悔しがるティボルト。

ここは引き下がろう。だが、のこのこやってきやがって。♪

今はにここしてやるが、必ずひどい目にあわせてやる。♪　〔退場〕

一方、相手がだれだか知らないまま恋に落ちてしまった恋人たちは、相手の素性を知って運命をのろいます。

ロミオ　あの子はキャピュレット？

なんという高いつけだ。わが命は敵《かたき》に払う借金か。

〔中略〕

ジュリエット　ばあや、ちょっと。あそこにいる紳士はどなた？　〔中略〕

乳母　わかりません。

ジュリエット　お名前を聞いてきて。――結婚していらしたら、

お墓が私の新床《にいどこ》になるわ。

乳母　名前はロミオ、モンタギューです。

敵方の一人息子です。

ジュリエット　たったひとつの私の恋が、憎い人から生まれるなんて。♪

知らずに逢《あ》うのが早すぎて、知ったときにはもう遅い。♪

憎らしい敵《かたき》がなぜに慕《した》わしい♪

恋の芽生えが、恨《うら》めしい。♪

ジュリエットがその恋をオクシモロンで表現した時点で、恋の芽生えをクライマックスとした第1幕が終了します。

幕それぞれにクライマックスがあるという話をしましたが、次の第2幕は結婚という新たなクライマックスに向かって進んでいきます。時間は、前と同じく日曜の深夜。舞踏会から帰ろうとしたロミオが、仲間を振り切って、独りきりでキャピュレット家の邸に戻り、バルコニーにいるジュリエットを目撃します。

「ああ、ロミオ、ロミオ、どうしてあなたはロミオなの」で知られる《バルコニーの場》ですが、さて、この場面から時間のトリックが始まります。それを皆さん自身に見破っていただくために、ここからしばらく解説を控えますので、少し長いですが、この有名な場面を味わいながら最初から最後まで一気に読んでみてください。

ロミオ　**だが待て、あの窓からこぼれる光は何だろう?**

向こうは東、とすればジュリエットは太陽だ!

〔ジュリエット、二階舞台から顔を出す〕

〔中略〕

ほら、なんてかわいく頬杖《ほおづえ》をついて!♪

ああ、あの手を包む手袋になって、♪
あの頰に触れてみたい！

ジュリエット　ああ！

ロミオ　何か言うぞ。

〔中略〕

ジュリエット　ああ、ロミオ、ロミオ、どうしてあなたはロミオなの。
お父さまと縁を切り、その名を捨てて。
それが無理なら、せめて私を愛すると誓って。
そうすれば、私はキャピュレットの名を捨てましょう。

ロミオ〔傍白〕もっと聞いていようか、今、口をきこうか。

ジュリエット　私の敵は、あなたの名前。
モンタギューでなくても、あなたはあなた。
モンタギューって何？　手でもない、足でもない。
腕でも顔でも、人のどんな部分でもない。
ああ、何か別の名前にして！
名前がなんだというの？　バラと呼ばれるあの花は、

ほかの名前で呼ぼうとも、甘い香りは変わらない。
だから、ロミオだって、ロミオと呼ばなくても、
あの完璧《かんぺき》なすばらしさを失いはしない。
ロミオ、その名を捨てて。
そんな名前は、あなたじゃない。
名前を捨てて私をとって。

ロミオ　とりましょう、そのお言葉どおりに。
恋人と呼んでください、それがぼくの新たな名前。
これからはもうロミオではない。

ジュリエット　だれ、夜の暗闇にまぎれて、
この胸の密《ひそ》かな思いに口をはさむなんて？

ロミオ　名前では、
自分がだれだかわかりません。

〔中略〕

ジュリエット　私の耳はまだ、あなたがお話しになるのを
浴びるように聞いたわけではないけれど、聞き覚えのあるお声。

あなたは、ロミオ？　モンタギューの？
〔中略〕
見つかったら、殺されるわ。
ロミオ　あなたの瞳《ひとみ》のほうがもっと怖い。
二十本の剣よりも。どうか微笑《ほほえ》んでください。
そうすれば怖いものなどありません。
〔中略〕
ジュリエット　だれの手引きでここまでいらしたの？
ロミオ　恋の手引き。唆《そそのか》したのは盲目の恋の神《キューピッド》
〔中略〕
ジュリエット　私の顔、夜の仮面がついているからいいけれど、
そうでなければ、恥ずかしくて真っ赤になるわ。
今晩この胸のうちを聞かれてしまったのだもの。
できれば体裁《ていさい》を取り繕《つくろ》いたい。そう、さっき言ったことを、もう、
すっかり取り消してしまいたい！　でも、すまし顔はやめとくわ。
私を愛してくださる？「はい」とおっしゃるのはわかっている。

そのお言葉、信じるわ。

〔中略〕

ね、すてきなモンタギュー、私、もう、あなたに夢中なの。
だから、軽い女に見えるかもしれない。でも、
信じて、ね、つんとした振りをしてみせる女より、
私のほうがずっと真心があるわ。
そりゃ私だってもっとよそよそしくしていたかったけど、
あなたに聞かれてしまったんだもの、知らないうちに、
私の本当の恋心を。だから、許して。
こうしてあなたになびくのを、浮気な恋だと思わないで。
夜の闇がさらけだしてしまったんだもの。

ロミオ　あの神聖なる月にかけて誓いましょう。
この木々の梢《こずえ》を銀一色に染めている——

ジュリエット　月に誓っちゃだめ。不実な月、
毎月、その姿を変えてしまう月なんかだめ。
あなたの愛も変わってしまうわ。

ロミオ　何にかけて誓えばいい？
ジュリエット　　　　　　　　誓わないで。
どうしてもというなら、立派なあなた自身に誓って。
私が崇《あが》める神さまだもの。
そしたら、あなたを信じるわ。
ロミオ　　　　　　もし、この心からの愛が——
ジュリエット　誓わないで。あなたと一緒なのはうれしいけれど、
今晩誓いを交わすのはうれしくない。
あまりにも無鉄砲、あまりにも突然で向こう見ず、
まるで、「光った」と言う間もなく、
消えてしまう稲妻みたいだもの。愛《いと》しい人、おやすみなさい、
この恋の蕾《つぼみ》は、恵みの夏の息吹《いぶき》を受けて、
今度お逢《あ》いするときにはきっと美しい花を咲かせるわ。
おやすみなさい、おやすみなさい！　この胸の甘いやすらぎ、♪
あなたの胸にも宿りますように！♪
ロミオ　え、こんな満たされぬ思いのままに行ってしまうのですか。

ジュリエット　今晩、何が満たされるというの？
ロミオ　あなたの愛も心から誓って欲しい。
ジュリエット　あなたが言う前に誓ったじゃない。
でも誓わなければよかったわ。
ロミオ　とりけすというの？　どうして？
ジュリエット　もう一度気前よく私の誓いをあげるため。
でも、それじゃ、私、自分の持っているものをほしがっているだけね。
私の気前のよさは、海のように果てしなく、
愛する気持ちも海のように深い。あげればあげるほど、
恋しさが募《つの》る。どちらもきりがないわ。
だれか来るわ。愛しい人、さようなら。♪
〔奥で乳母が呼ぶ〕
いま行くわ、ばあや。――すてきなロミオ、心変わりしないでね。♪
ちょっと待っていて。すぐ戻ってくるから。
〔ジュリエット退場〕
ロミオ　ああ、すばらしい、すばらしい夜！
夜だから、これはみんな夢ではないか。
夢のように甘すぎる。現実とは思えない。
〔ジュリエット二階舞台に登場〕

ジュリエット　ほんの一言、ロミオ。そしたら本当におやすみなさい。
もし、あなたの愛が名誉を重んじるものであり、
結婚を考えてくださるのなら、明日、あなたのところへ
使いを出しますから、伝えてください。
いつ、どこで、式を挙げるか。
そしたら、私の運命はあなたの足元に捧《ささ》げます。
世界の果てまでも夫のあなたについていきます。
乳母〔奥から〕お嬢さま！
ジュリエット　今行くわ。――でも、本気じゃないのなら、
どうか――
乳母〔奥から〕お嬢さま！
ジュリエット　今行くったら――こんなことはやめて、
私を悲しみに浸《ひた》らせて。
明日、使いを送ります。
ロミオ　心待ちにします。
ジュリエット　一千回も「好き」って言いたいわ。おやすみ！♪
〔ジュリエット退場〕

ロミオ　一千倍もつらい、君の光が消えて。♪
恋人と逢うときは、下校する生徒のように、うきうきと駆け出す気分だけれど、♪
別れるときは、登校する生徒のように浮かない気分だ。♪

ジュリエット〔二階舞台に〕再び登場。

ジュリエット　ねえ！　ロミオ、待って！

〔中略〕

ロミオ　わが名を呼ぶのは、わが魂。

〔中略〕

ジュリエット　ロミオ！
ロミオ　ジュリエット。
ジュリエット　明日何時に、
人をやりましょうか。
ロミオ　九時に。
ジュリエット　きっとね。それまでが二十年に思えるわ。
どうしてあなたを呼び戻したのか忘れちゃった。

ロミオ　思い出すまでここに立っているよ。

ジュリエット　じゃあ、思い出さない。いつまでもそこにいて欲しいから。

あなたと一緒にいるのはすてき——それだけを思っているわ。

ロミオ　いつまでも思い出さないで。ここにじっとしているから。

ここ以外に帰るところがあることを忘れてしまおう。

ジュリエット　もうすぐ朝だわ。やっぱり、行って。

でも、遠くへ行くのはいや。いたずらっ子の小鳥と同じ。

ちょっと手から放してやるけれど、

足かせをはめられた哀れな囚人のように、

絹糸でひっぱって連れ戻してしまう。

愛しているから飛んでいってほしくないの。

ロミオ　君の小鳥になりたい。

ジュリエット　　　　　　　　そうしてあげたい。

でも、かわいがりすぎて殺しちゃうわ。

おやすみ、おやすみなさい！　別れがこんなに甘くせつないものなら、♪

朝になるまで言い続けていたいわ、おやすみなさいと。♪

〔ジュリエット退場〕

ロミオ　その目に眠りを、その胸に安らぎを！♪
この身が安らぎとなって、その胸で眠りたい！♪
青く薄らむ目をした朝が、しかめっ面《つら》の夜を叱って微笑《ほほえ》みながら、♪
東の雲を光の筋で染め抜き始めた。♪
斑《まだら》にほころぶ暗闇は、まだ酔いどれ足で♪
日《ひ》に追われて、光の道から逃げていく。♪
さあ、神父さまのところに。♪
この幸せをお知らせし、お力を借してもらおう。♪
（退場）

さて、この甘い場面の最後で、いつまでも一緒にいたい二人がついにさようならを言うきっかけにご注目ください。それは、「もうすぐ朝だわ。やっぱり、行って」というジュリエットのセリフです。ジュリエットと別れて独りになったロミオもまた、「青く薄らむ目をした朝」が「東の雲を光の筋で染め抜き始めた」と言います。舞踏会が終わった日曜の夜から、なんと月曜の日の出に至るまで、ロミオとジュリエットはずっといっしょにいたことになります。二人の語らう台詞はそれほど膨大ではありませんから、朝までずっと長いキスをし続けていたのでしょうか。というのはもちろん冗談で、ここに心理的な時間の流れが働いていると考えるべきでしょう。つまり、思い思われる恋心という〈時間の加速装置〉があるため、あっという間に時間が過ぎてしまうというわけです。アインシュタインは、相対性理論による時間の縮みを説明するのに「乙女といるときの1時間は1分に縮まる」と冗談を言ったそうですが、シェイクスピアはまさにそんな時間の縮みを朝の訪れで示しているのです。

こうした時間のワープはシェイクスピアの十八番《おはこ》です。芝居を観ているときは、すっかりだまされてしまうのですが、あとから考えてみると実はおかしいという演劇のマジックです。このような時間のトリックは、『ロミ・ジュリ』に限らず、他の作品でもしょっちゅう使われています。たとえば、『ハムレット』の冒頭の場面では、午前零時過ぎに亡霊を目撃して驚いているうちに、「見ろ。茜色《あかね》のマントをまとった朝が、あの東の丘を、露を踏みしめて歩いてくる」と、いつの間にか朝になってしまいます。亡霊に気を取られたり、恋に夢中になったりして時が経つのを忘れてしまうほどの緊張が、朝日が昇ることでほどけるのです。つまり、朝が来ることでひとつの事件が終わったという解決部の雰囲気を出す劇作上の手法なのです。

こうして朝が来て場面が変わり、次の第3場は月曜日の早朝。ロミオは、ロレンス神父のもとへ行き、ジュリエットとの結婚を執り行なってほしいと頼みます。神父は、「この縁組、うまくいけば、家と家との恨みをまことの愛に変えうるかも知れぬ」と言って協力することにします。
続く第4場。舞踏会のあとから行方のわからなくなったロミオを、マキューシオとベンヴォーリオが探しています。
マキューシオ　ロミオの奴、どこ、いっちまったんだ。昨夜《ゆうべ》は帰って来なかったんだろ。
ベンヴォーリオ　親父さんの家にはな。召使の話では。
マキューシオ　まったく、あのつれない色白《いろじろ》のロザラインに、こうまで苦しめられるとは、今にあいつ、気が狂うぞ。
ベンヴォーリオ　キャピュレットの甥《おい》っ子ティボルトが、ロミオの親父のところへ手紙を送りつけたようだ。
マキューシオ　そりゃ絶対、挑戦状だな。
ベンヴォーリオ　ロミオは受けて立つな。
マキューシオ　手紙を受け取るときは、だれだって立つもんだ。
ベンヴォーリオ　いや、封を切ったら、手紙を書いた奴も斬るってことさ。あとへはひかぬ男だ。
マキューシオ　哀れ、ロミオはもう死んでるよ。色白女の黒目に射貫《いぬ》かれ、恋歌《こいうた》に耳を貫かれ、盲目のキューピッドの矢で心臓のどまん中をぶち抜かれている。それで、ティボルトの相手がつとまるか。
そうこうするうちに、ロミオがやってきます。
ベンヴォーリオ　ロミオだ、ロミオだ！
マキューシオ　はらわた抜かれて腑《ふぬ》抜けたロミオ、そのミを失い、ロオ人形。ああ、肉よ、肉棒よ、なぜにふにゃふにゃ魚肉と化した。〔中略〕これはこれは、シニョール・ロミオ、ボンジュール。てめえのおフランス製のズボンにおフランス流のご挨拶を。昨夜《ゆうべ》はどうもごちそうさま。
ロミオ　おはよう。何か食わせたっけ？
マキューシオ　抜け駆けして俺たちに一杯食わせたろうが。
そこへ、ジュリエットの使いである乳母が召使を従えてやってきます。乳母の饒舌ぶりにご注目ください。
乳母　ピーター。
ピーター　ただ今。
乳母　扇子を頂戴《ちょうだい》、ピーター。
マキューシオ　ピーター、きれいな扇子で見苦しい顔を隠して頂戴。
乳母　おはようございます、紳士方。

マキューシオ　おそようございます、奥方さま。
乳母　もう遅いですか。
マキューシオ　遅いですよ、日時計の淫《みだ》らな手が、正午におっ立つ棒をまさぐっているからね。
乳母　ま、ひどい。なんて人です。〔中略〕あの、どなたか、お若いロミオさんがどちらにいらっしゃるか、ご存じの方はいらっしゃらないかしら?
ロミオ　ぼくが知っている。
〔中略〕
マキューシオ　ロミオ、親父さんのところへ行くか。俺たち、夕飯をご馳走《ちそう》になるぞ。
ロミオ　先に行っていてくれ。
マキューシオ　さらば、ばあさん、さらばァさん。おいさらばえたババアよ、さらばぁ。

マキューシオとベンヴォーリオ退場。

乳母　なんでしょう、まあ、下品なことばかり言うあの生意気な下々の人間は?〔中略〕いやらしいったらありゃしない。ちょいと、あなた、一言——いえね、うちのお嬢さまがあなたを捜し出すようにお申し付けになりましてね。お伝えするようにおっしゃったことはこの胸にしまっておきますが、まず教えてくださいな。もしあなたがお嬢さまを、俗に言う、阿呆《あほう》の楽園に連れて行こうなんておつもりなら、それこそ、いわゆる不届き千万《せんばん》というものです。宅のお嬢さまはまだお若い。ですから、下心がおありなら、ほんに、どこのお嬢さま相手でもいけないこと、さもしいなされようでございます。

ロミオ　どうかご主人のお嬢さまに伝えてくれ。ぼくは誓って――。

乳母　あらまあ、それじゃそのようにお伝えいたします。よかったわァ、お喜びになります。

ロミオ　なんて伝えるんだ。まだ聞いてないだろう。

乳母　ですから、お誓いになったとお伝えしますんで、ほんに紳士らしいなさりよう。

ロミオ　今日の午後、なんとかして懺悔《ざんげ》に出るように言ってくれ。ロレンス神父の庵《いおり》で、懺悔を済ませて結婚だ。さ、これはお礼だ。

乳母　いけません、受け取れません。

ロミオ　いいから、とっておいてくれ。

乳母　今日の午後でございますね。はい、きっと行かせます。

9時に使いを出すという約束どおり、乳母は9時に家を出てロミオのもとへやってきたはずなのに、ようやくロミオたちの前に現われるときには、「おはよう」は「おそよう」

になり、もう12時。9時から正午まで3時間も乳母はいったい何をしていたのでしょうか。ロミオに会おうとモンタギュー家を訪れたものの、ロミオは家に帰っておらず、あちこち捜しまわってついに広場にいるロミオを見つけたのだと理屈をつけることはできます。しかし、シェイクスピアが描きたかったのは、むしろ、乳母の遅れにやきもきしているジュリエットの次のような姿だったに違いありません。

ジュリエット　ばあやを出したのは、時計が九時を打ったとき。
三十分で戻ると約束してくれたのに。
ひょっとして会えなかったのかしら。そんなはずはない。
ああ、足が悪いんだわ、ばあやは！　恋の使いに出すのなら、
暗い山のかなたに影を追い散らす日光より十倍速く駆け巡る
この胸の思いでなくちゃだめ。
だから、愛の女神の馬車は、身軽な鳩が牽《ひ》いている。
だから、風のように速いキューピッドには翼があるんだわ。
もう太陽は、一日の旅路の一番高い山に
さしかかり、九時から十二時まで
三時間もたつというのに、ばあやはまだ戻らない。

ばあやにも愛があり、若く燃える血が流れていたら、
ボールのようにすばやくはずむでしょうに。
私の言葉があの人のもとにばあやを打ち込み、
あの人もすぐ叩き返す。
でも年寄りは、死んでいるのと同じこと、♪
青い顔して、本当に、ぐずぐず、のろのろ遅いこと！♪

恋の使いはすばやくなくてはならないと、そのもどかしい思いを連綿と訴えるジュリエットのはやる恋心を描写するために、シェイクスピアは時間を早送りするのです。と同時に、ここで一気に時間を飛ばすことで、午後の結婚へと場面は急展開。とたんに時間は速くなり、ロミオに会いに行くのに3時間もかかった乳母はあっという間に帰ってきて、直ちにジュリエットを教会へと送り出します。というわけで、次の第6場は二人の結婚の場。これが第2幕のクライマックスとなります。

ロレンス神父　この聖なる儀式に天の照覧あれ。
のちになりて悲しみを降《くだ》してお叱りくださりませぬよう。
ロミオ　アーメン、アーメン、でもどんな悲しみが来ようとも、
あの人と互いに見つめあう

喜びの一瞬には代えがたい。
どうか二人の手を聖なる言葉で結んでください。
そうすれば、愛をむさぼる死神が何をしようとかまわない。
あの人をぼくのものと呼べさえすれば満足です。
ロレンス神父　そのような激しい喜びは、激しい終わり方をする。
触れたとたん爆発する火と火薬《かやく》のように、絶頂の口づけをするや
たちまち空《くう》に消えてしまう。甘すぎる蜂蜜《はちみつ》は
その甘さゆえにいとわしく、
味わえば、食欲も失《う》せるもの。
ゆえに節度を持って愛すのだ。それが永き愛の道。♪
急ぎすぎるのは、のろい歩みと変わらない。♪

ジュリエットが足早に登場。

おお、来たな。あの軽やかな足取りでは
堅い石畳は一向にすり減るまい。〔中略〕

〔ジュリエットはロミオに抱きつく〕

ジュリエット　ご機嫌よろしゅうございます、神父さま。
ロレンス　そのお返しは、ロミオの口から、二人分。〔ロミオはジュリエットにキスをする〕
ジュリエット　では私からもそれだけ。でないとお返しのほうが多すぎます。〔ジュリエットはロミオにキスをする〕

〔中略〕

ロレンス　さあ、ついて来なさい。すぐに済ませることにしよう。
二人きりにはしておけぬのだ。♪
聖なる教会が二人をひとつに結ぶまでは。♪　〔退場〕

こうして二人の結婚をクライマックスとして第2幕が終わります。ところが、ここまで順調に進んできた物語は、第3幕で急変します。連続殺人事件が起こるのです。あとで作品の意味を考える際に重要な場面ですので、ここでもしばらく解説を控え、場面全体を通して読んでみることにしましょう。まず、舞踏会のときからロミオを狙っていたティボルトが、マキューシオに声をかけるところから――

ティボルト　〔手下たちに〕ついて来い。あいつらに声をかける。
――これは、ごきげんよう。ちょっと一言、どちらかと話がしたい。
マキューシオ　どちらかと一言だけか。ちょいと色つけて、がつんと一発、大事《おおごと》にしたらどうだ。
ティボルト　喜んでお相手しよう、きっかけをくれるならば。
マキューシオ　くれるなんて言ってねえで、自分で作ったらどうだ。
ティボルト　マキューシオ、貴様、ロミオと調子を合わせ――。
マキューシオ　調子を合わせる？　なんだよ、俺たちゃ調子を合わせる楽隊かよ。俺たちを楽隊よばわりしやがるなら、調子っぱずれの音を聞かせてやる。さあ、こいつが俺のヴァイオリンの弓だ。〔剣を抜く〕こいつでおまえを踊らせてやる。ざけんなよ、お調子者だと！
ベンフォーリオ　ここは人通りがある。
どこか静かなところへ場所を移すか、
さもなければ、互いの言い分を冷静に話し合おう。
それが無理なら別れよう。ここは人目がうるさい。
マキューシオ　人の目は見るためにあるんだ、見させておけ。
だれがなんと言おうと、一歩もひかねえぞ、俺は。

ロミオ登場。

ティボルト　おっと、ひっこんでろ。俺の相手が来た。
マキューシオ　アイテって、まだ痛い目にもあわせてねえのにアイテってことはねえだろう。
もっとも、果し合いになりゃ、貴様はやられるから、
貴様は、なるほど、ロミオがくりゃ、アイテだ。
ティボルト　ロミオ、貴様に精一杯の愛情を注いでも
こうとしか呼べぬ——おまえは悪党だ。
ロミオ　ティボルト、君を愛さなければならないわけがあるので、
本当ならカッとくるそんな挨拶《あいさつ》も聞き流そう。
ぼくは悪党じゃない。
だから、これで別れよう。君はまだぼくという人間を知らないのだ。
ティボルト　小僧、そんなことで、おまえが俺に加えた
侮辱の言い訳にはならん。だから、こっちを向いて、抜け。
ロミオ　君を侮辱した覚えはない。
それどころか、君が思いもよらないほど、君を大事に思っている。
その理由はやがてわかる。だから、
キャピュレット——その名も自分の名前のように

大切なんだ――こらえてくれ。

マキューシオ　ああ、みっともねえ、面目丸つぶれだ！　はやりの剣術が、勝ちを収めるってか！　ティボルト、この猫野郎め、顔を貸しやがれ。

ティボルト　俺に何の用だ。

マキューシオ　〔中略〕さっさと抜け。でねえと、この剣がてめえの耳をつまんでみじん切りにするぞ。

ティボルト　相手になってやる。〔剣を抜く〕

ロミオ　マキューシオ、剣を収めろ。

マキューシオ　来い、てめえのお突きとやらを見せてもらおう。〔二人は戦う〕

ロミオ　抜け、ベンヴォーリオ、こいつらの剣を叩き落せ。君たち、恥を知れ、喧嘩はやめるんだ。ティボルト、マキューシオ！　ヴェローナの街で喧嘩はならぬと、大公がはっきりおっしゃったじゃないか。やめろ、ティボルト！　なあ、マキューシオ！

ティボルトは、ロミオの腕の下からマキューシオを刺し、逃げる。

マキューシオ　やられた。
どっちの家もくたばっちまえ。俺はおしまいだ。
奴は逃げたのか、傷も負わずに？
ベンヴォーリオ　え、やられたのか。
マキューシオ　なあに、かすり傷、かすり傷だ。が、充分だ。
俺の小僧は？　おい、馬鹿、医者を呼んで来い。〔小僧退場〕
ロミオ　しっかりしろ、傷は浅い。
マキューシオ　ああ、井戸ほど深かァねえし、教会の門ほど広かァねえが、充分だ。効き目は充分！　明日《あした》俺を訪ねてみろ、この俺は何もかもぶちこわして破壊し、墓石になっている。だめだ、この世とおさらばだ。どっちの家もくたばっちまえ。畜生、犬っころ、どぶねずみに家ねずみ。あの猫野郎、人間さまをひっかいて殺しやがった。ほら吹きの悪党の馬鹿野郎、ワン、ツー、スリーと算数よろしくの剣術だ――なんだって、おまえ、割って入った？　おまえの腕の下からやられたんぞ。
ロミオ　君のためにと思ったんだ。

マキューシオ　どっかの家ん中へ連れてってくれ、ベンヴォーリオ、
気を失いそうだ。どっちの家もくたばっちまえ。
この俺さまを蛆虫《うじむし》の餌食にしやがった。
やられたよ、ぐさりとな。どっちの家も！　（〔マキューシオとベンヴォーリオ〕退場）
ロミオ　俺の親友、しかも大公の身内でもある男が、
俺のために致命傷を負った。
傷ついた俺の名誉を守ろうとしてくれたのだ。
ティボルトの侮辱を赦《ゆる》さず——つい一時間前に
親戚となったばかりのティボルトなのに！
ああ、ジュリエット、君の美しさが俺を女々しくし、
俺の勇気の鋼《はがね》を柔《やわ》にした。

ベンヴォーリオ登場。

ベンヴォーリオ　ああ、ロミオ、ロミオ、マキューシオは死んだ。
あの男っぷりのいい魂は今や雲の上だ。
はやばやと、この世に見切りをつけたのだ。

ロミオ　今日の暗い運命はこの先ずっと垂れ込める。♪
これは手始め。続く災いが、この決着をつけてくれよう。♪

ティボルト登場。

ベンヴォーリオ　戻ってきたぞ、ティボルトが息巻いて。
ロミオ　勝ち誇っていやがる、マキューシオが死んだというのに。〔中略〕
さあ、ティボルト、「悪党」という言葉を返してやる。
さっきおまえから受け取ったからな。マキューシオの魂は、
まだ俺たちのすぐ上にいる。
おまえの魂が道連れになるのを待っているのだ。
道連れになるのは、おまえか、俺か、それとも二人ともか。
ティボルト　この洟垂《はなた》れ小僧、この世で奴《やつ》とつるんでいたんだ、
あの世までも一緒に行きやがれ。
ロミオ　　　　　　　　それはこの剣が決めてくれる。

二人は戦い、ティボルトが倒れる。

ベンヴォーリオ　ロミオ、逃げろ、行くんだ！
町じゅうが騒ぎ出した。ティボルトは死んだ！
何をぼうっとしている。捕まったら、
死刑だぞ。行け、逃げるんだ！♪
ロミオ　ああ、俺は運命に弄《もてあそ》ばれる愚か者だ。
ベンヴォーリオ　　　　　　　　　　　　なにをぐずぐずしている。♪　（ロミオ退場）
このあと、町の人々が登場して殺人事件の真相を究明し、その結果、大公はロミオに追放を命じます。一方、こんな事件が起こっているとは夢にも思わないジュリエットは、ロミオとの初夜が早く来てほしいと、夜の来るのを待ち遠しく思っています。
ジュリエット　早く来て、夜よ。来て、ロミオ、夜を照らす太陽、

〔中略〕

ああ、愛の館《やかた》を買ったのに、
自分のものにはなっていない。この身を売ったのに、
まだ味わってもらっていない。太陽はなんてのろいのかしら。
お祭りの前の晩、新しい服を買ってもらって
まだ着てはだめと言われている子供みたいに

待ちきれない思い。ああ、ばあやだわ、

やってきた乳母から事件を伝え聞き、ティボルトを殺したロミオが追放になったと知ったジュリエットは、悲しみのどん底へ突き落とされます。乳母はジュリエットの使いとしてロレンス神父のところへ急ぎ、そこで同じように悲嘆にくれるロミオを見つけます。ここにもやはり時間のトリックがありますので気をつけてみてください。

ロミオ　ジュリエットのことを言っていたね。どうしている？
ぼくのことをひどい人殺しと思っているだろうか、
生まれたばかりのぼくらの喜びを
あの人の身内の血で穢《けが》してしまったのだから。
どこにいる？　どうしている？　密《ひそ》かに契《ちぎ》ったぼくの妻は、
ちぎれてしまった愛のことをどう言っている？

乳母　何も言わず、ただ泣きに泣くだけ。
ベッドに突っ伏《ぶ》しては、また立ち上がり、
ティボルトと呼び、ロミオと叫び、
また突っ伏してしまうのです。

ロミオ　　　　　　　　その名前は

恐ろしい銃から発射されたかのように
あの人を殺すんだね。その名前の呪われた手が
身内を殺したのだもの。ああ、神父さま、教えてください、
この忌わしい体のどこに
その名前がついているのでしょう。教えてくれれば、
そのいやな住処《すみか》を引き裂いてやる。（短剣で自分を刺そうとし、乳母がその短剣を奪う）

ロレンス　その手を控えろ。
それでも男か。外見は男でも、
その涙は女々しいぞ。その狂った振る舞いは、
理性のない獣《けだもの》の怒りを示すものだ。
見かけは男でも、中味は女の腐ったのだ！
いや、男でも女でもない、あさましい獣だ！

〔中略〕

男としての勇気を失っては、
その立派な容姿も蠟《ろう》細工にすぎぬ。
愛を誓いながら、むなしく裏切るのか、

大切にすると誓った愛を殺すのか、
容姿と愛とを飾るべき知恵が、
その二つを誤り導くとは、
未熟な兵士が筒にしまった火薬も同然だ。
自分の無知ゆえに火をつけてしまい、
身を守るはずの武器で自分を木っ端微塵《こっぱみじん》にしてしまう。
さあ、男なら立ち上がれ。おまえのジュリエットは生きている。
その人のためなら、死んでもよいと思っていた人がだ。

〔中略〕

さあ、計画通りに、おまえの愛《いと》しい人のもとへ行き、
その部屋に忍び込め。行け、ジュリエットをなぐさめてやれ。
だが、夜警の見回りの前には戻って来い。
さもなくば、マントヴァへ出られなくなる。
あの町に身をひそめていろ。頃合《ころあい》を見計らって
二人の結婚を公《おおやけ》にし、両家の仲をとりなし、
大公の赦《ゆる》しを求め、おまえを呼び戻してやる。

嘆きながら出て行ったときよりも
喜びは二百万倍になろう。
先に行ってやれ、ばあや。ジュリエットによろしく。
それと、家の者を早めに休ませるように言ってくれ。
悲しみに沈んだ者には似つかわしいことだ。
ロミオはすぐ行く。

乳母　ほんに、よいお説教を聴いて一晩中ここに
いたいくらいです。まあ、なんて学のあること。
ロミオさま、いらっしゃることをお嬢さまにお伝えしますよ。

ロミオ　そうしてくれ。愛しい人のお叱りを受けにいくと伝えてくれ。

乳母　ああ、これ、お嬢さまからお渡しするように託《ことづか》った指輪です。
お急ぎくださいよ、夜もずいぶん更《ふ》けました。（退場）

「早く来て、夜よ」というジュリエットの願いに応じるように夜が早くやってきます。時間の流れを整理して考えてみると本当に早いことがわかります。かりに結婚したのが月曜の昼過ぎだとすると、ロミオがティボルトを殺したのはその1時間後、ジュリエットがロミオ追放の知らせを受けたのは結婚の3時間後——とシェイクスピアは明記しています

——から、時刻はまだ夕刻であるはずです。ところが、「一晩中ここにいたい」とか「夜もずいぶん更けました」というセリフによって、シェイクスピアはまた時計の針を数時間進めてしまうのです。

一方、娘の秘密結婚のことを知らない父キャピュレットは、娘に相談することもなく勝手にパリス伯爵との結婚を決めてしまいます。ここでも時間は駆け足で過ぎ去り、「夜も更けた」と言って始まるわずか35行の短いこの場面が終わるときには、「あまりに遅くなってしまってそろそろ夜も明けそう」になっています。

こうしてまた朝になります。いつの間にか朝が来るのは、クライマックスが終わって解決部となったことを示す劇作上の手法だとお話ししましたが、父親がパリス伯爵と話をしているあいだ、ジュリエットはロミオと文字どおりベッドで初夜のクライマックスを迎え、そして火曜日の朝を迎えるのです。第3幕の最終場、後朝《きぬぎぬ》の別れの場面を読んでみましょう。

ジュリエット　もう行ってしまうの？　まだ夜は明けていないわ。
あなたのおびえた耳に響いたのは、
あれはナイチンゲール。ひばりじゃない。
夜な夜な向こうの柘榴《ざくろ》の木で歌うの。

本当よ、あれはナイチンゲール。

ロミオ　ひばりだった。朝を告げる鳥だ。
ナイチンゲールじゃない。ほら、あの東のほう、
ちりぢりの雲をつなぎ合わせるのは嫉妬《しっと》深い光の筋。
夜空にまたたく灯火《ともしび》は燃え尽き、陽気な朝日が
靄《もや》のかかる山の頂《いただき》から爪先立って顔をのぞかせている。
行かなければ。とどまれば死ぬだけだ。

ジュリエット　あの光は朝日じゃない。わかっている、そう、
あれは、太陽が吐き出した彗星《すいせい》よ。
今晩あなたが行くマントヴァまでの道を
照らし出してくれる導きの光。
だから、ここに居て。まだ行かないで。

ロミオ　捕まってもいい、死んでもいい、
それで満足だ、君がそう願うなら。
あの薄明かりは、朝の目ではない。
月の女神シンシアの青白い顔の照り返しだ。

頭上高く空いっぱいに鳴り響いたあの調べも
ひばりの声ではない。
ぼくだって行きたくない。とどまっていたい。♪
来るがいい、死よ、ジュリエットがそう望むのだ。♪
どうしたんだい？　話をしよう。まだ朝じゃない。
ジュリエット　朝よ、朝。行って、さあ、行って。
あんなに調子がはずれた声で歌うのはひばり。♪
耳障《みみざわ》りな音を出し、いやな金切り声を出したりして。♪

〔中略〕

さあ、行って、どんどん明るくなってきたわ。
ロミオ　明るくなればなるほど、ぼくらの心は暗くなる。

〔中略〕

ジュリエット　行ってしまうのね。愛しい人、あなた、そう、私の夫。
手紙を書いてね、毎日、一時間ごとに。
だって、一分が何日にも思えるから。
ああ、そうやって数えたら、私のロミオに

また逢《あ》うまで、すっかり歳をとっちゃうわね。

別れを惜しむジュリエットは、ロミオがいないと「一分が何日にも思える」と言います。恋する心の時計では速い鼓動が時を刻むのです。こうしてロミオが追放先のマントヴァへ向けて立ち去ってしまうと、ジュリエットは涙が止まりません。入れ替わりに部屋へ入ってきたキャピュレット夫人は、娘がティボルトのことで泣いているのだと思い、「悲しみを忘れるためにお父様がよいことをお決めくださった」と言います。その「よいこと」とは木曜にパリス伯爵と結婚することだと知ったとき、ジュリエットはパニックに陥ります。伯爵と結婚したがらない娘に、父親は激怒し、母親も父親の味方をします。そして、乳母から「追放されたロミオは死んだも同然なのだからパリス伯爵と結婚しなさい」と勧められ、家中のだれも頼れないことを知ったジュリエットは、最後の頼みの綱であるロレンス神父に救いを求めることにします。

場面変わって第4幕第1場。新たな展開の始まりです。火曜日の午前、ジュリエットは、パリス伯爵との結婚を避けるために、神父から仮死状態になる薬をもらいます。

ジュリエット　**ああ、パリスと結婚しろというのでなければ、お命じください、高い塔の上からでも飛び降りてみせます。**

〔中略〕

ロレンス　まあ落ち着け。家に戻り、陽気に振る舞い、
パリスとの結婚を承諾しなさい。明日は水曜、
明日の晩は一人で寝るのだ。
ばあやを一緒の部屋で寝かせたりしてはならぬ。
この小瓶《こびん》をお持ち。そしてベッドに入ったら、
この蒸留液を飲み干しなさい。
すると直ちに体のすみずみまで
冷たい眠気が走り、
脈はその自然の流れを止め、
体温も呼吸もなくなり、生きているとは見えなくなる。
唇や頰の赤味は衰えて、くすんだ灰色となり、
死が命の光を締め出すように、
目の窓もぴたりと閉じられる。
体じゅうのしなやかな動きがなくなり、
死んだように冷たく硬直する。
こうして萎《な》えしぼんだ仮の死の姿を借りて、

過ごすこと、四十二時間。それから
心地よい眠りから起きるように目が覚めるのだ。
つまり、花婿がおまえを寝床から起こそうと
やってくる朝には、おまえは死んでいるというわけだ。
されば、この国のしきたりどおり、おまえは
晴れ着を着せられ、顔も覆《おお》わず棺《ひつぎ》に入れられて、
キャピュレット家が代々眠る古い納骨堂へ
運ばれることになる。
一方、おまえが目を覚ます前に、
わしらの計画をロミオに手紙で知らせて、
こちらへ呼び寄せ、わしと一緒に
おまえが目覚めるのを見守ってもらう。まさにその晩、
ロミオはおまえをマントヴァへ連れ出すのだ。
こうすれば、このたびの恥辱からも逃れられよう。
くだらぬ移り気や、女々しい気後れから、
やりとげる勇気を失うことがなければな。

ジュリエット　ください、ください、その薬！　気後れなんかするもんですか。

ロレンス　落ち着け。さ、行きなさい。覚悟を決め、やりとげるんだぞ。わしは、使いの修道僧に、急ぎマントヴァのロミオのもとに手紙を届けさせる。♪

ジュリエット　愛が私に力をくださいますよう。力がなによりの助け。♪さようなら、神父さま。

（退場）

こうして神父より解決策をもらって帰ってきたジュリエットは、急に父親に従順になって伯爵との結婚を承諾するので、父親は大喜びです。すぐにも結婚だとばかりに挙式の予定を早め、明日にすると言い出します。ジュリエットにしてみれば、薬を手に入れた今となっては挙式がいつになろうと関係ないため、父親の言うとおりに明日の婚礼の準備をし、母親と乳母におやすみを言って独りきりで寝室にさがります。こうしてジュリエットが勇気を奮って薬を飲む場面がやってきます。

ジュリエット　さようなら。いつまたお会いできるかしら。

なんだか背筋がぞくぞくする。

命の温かみが凍りつきそう。

二人を呼び戻してなぐさめてもらおう。

ばあや！——ばあやに何ができる？
この恐ろしい一場は、私のひとり舞台。
おいで、小瓶よ。この薬がぜんぜん効かなかったらどうしよう。
そしたら明日《あす》の朝、結婚することに？
だめ！　だめ！　この剣がそうはさせない。おまえはここにおいで。　〔短剣をおく〕
もしこれが毒だったら？　神父さまが
ひそかに私を殺そうとして毒を入れておいたら？
先に私をロミオと結婚させてしまったから
この結婚で名誉に傷がつくのを恐れて？
きっとそうだわ。いえ、そんなはずはない。
あの方は、徳高い立派な方。
でももし、私がお墓に横たえられて、
ロミオが助けにきてくれる前に
目がさめてしまったら？　ああ、それよ、怖いのは！
〔中略〕
ロミオ、ロミオ、ロミオ！　ここに薬が！　あなたに乾杯！

ジュリエットはベッドに倒れ、ベッド・カーテンが閉じられる。

この間、家族は婚礼の準備に追われ、夜を徹して、てんやわんやの大騒ぎをしています。そして、また、あっという間に夜が明けてしまいます。

キャピュレット　さあ、働け、働け、働け、二番鶏が鳴いたぞ！

鐘も鳴った。もう三時だ。

〔中略〕

キャピュレット　急げ、急げ！（召使一退場）――

〔中略〕

大変だ！　夜が明けた！

伯爵は楽隊を連れてすぐお見えになるはずだ。

そういうお約束だった。おいでになったようだ。（音楽演奏）

ばあや！　おまえ！　おおい！　どうした、ばあやというに！

乳母登場

ジュリエットを起こして来い、さあ、身支度をさせろ。

わしはパリスの相手をする。そら、急げ。

急ぐのだ！　花婿はもうお見えだぞ。

急げったら。

〔キャピュレットと召使たち退場。乳母残る〕

乳母　お嬢さま！　さあ、お嬢さま！　ジュリエットさま！　まあ、ぐっすりお休みだこと。

さあ、子羊さん、お嬢さま！　もう、お寝坊さん！

さあ、朝ですよ！　お嬢さま！　ほらほら、さあ、花嫁さん！

あら、お返事なし？　よく寝ていらっしゃること。

一週間分の寝だめだね。今晩は、なにしろ
パリス伯爵がご一緒にお休みだから、
あなたはちっとも休まりませんからね！　あら、失礼！

ごめんあそばせ。それにしても、よく寝ている！

起こさなくっちゃ。お嬢さま、お嬢さま、お嬢さま！

そら、伯爵さまがベッドまでお迎えにいらしたら、
大変なことになりますすよ。そうじゃありませんか？

〔カーテンを引く〕あらあら、服を着たまま、寝ておしまいに？

お起こししますよ、お嬢さま！　お嬢さま！　お嬢さま！

ああ！　だれか、だれか！　お嬢さまが死んでいる！

こうして、水曜の朝、冷たくなったジュリエットにとりすがって皆が嘆く愁嘆場で第4幕が終わります。

さて、いよいよ大詰めの第5幕です。死体となって発見されたジュリエットは埋葬され、それを目撃したロミオの従者バルサザーがマントヴァのロミオのもとへ走ります。従者が伝えたジュリエットの訃報を信じたロミオは、ヴェローナに駆けつけ、ジュリエットの「遺体」を抱いて毒をあおって自害する――という劇全体のクライマックスへと向かう時間の流れをこれから見ていくことになりますが、ここにこそ本編最大の時間のトリックが仕掛けられていますのでご注意ください。第5幕の最初、マントヴァにいるロミオのセリフから読んでいきましょう。

ロミオ　喜ばしい夢のお告げが正夢だとすれば、
やがてうれしい知らせが届くはず。
この胸の玉座を占める恋心は、
今朝からなんだか浮かれ気味。この身もうきうきと
はずむ思いで、足が地につかない。
ジュリエットがやってきて、俺が死んでいるのを見つける夢――。

死んだ人間が見ているのだから奇妙な夢だ！
そしてこの唇に命を吹き込む口づけをすると、
俺は生き返って、皇帝となる。
ああ、なんて、恋はすてきなんだろう、
恋の影だけでもこんなに喜びに満ちているのだから。

ロミオの従者バルサザー、長靴をはいて登場。

ヴェローナからの知らせだ！　やあ、バルサザー。
神父さまからの手紙を持ってきてくれたか。
わが妻はどうしている。父上は元気か？
ジュリエットはどうしている？　そこが聞きたい。
あの人さえ無事なら、すべてはよしだ。

バルサザー　では、あの方はご無事で、すべてよしです。
ご遺体はキャピュレット家の霊廟《れいびょう》に無事安置され、
その魂は天使たちとともにあります。
あの方がご一族の納骨堂に納められるのを見たので、

急ぎ、お伝えに参りました。
こんな悪い知らせを持ってきて申し訳ありません。
おおせつかった務めですので。

ロミオ　そんなことが？　ならば、運命の星を敵に回して戦おう！
俺の宿は知っているな。インクと紙をもってこい。
それから早馬を雇え。今夜、発つ。

バルサザー　どうか、こらえてください。
お顔がまっさおで殺気立っています。なにか
いやなことが起こりそうです。

ロミオ　なに、気のせいだ。
ひとりにしてくれ。今言ったこと、頼んだぞ。
神父さまから手紙はないのか？

バルサザー　ありません。

ロミオ　まあ、いい。行け。

（バルサザー退場）

早馬を雇うんだぞ。すぐあとから行く。
ジュリエット、今夜は一緒に寝よう。

ここで問題です。ロミオがジュリエットと一緒に寝ようという「今夜」とは、いつのことでしょう。バルサザーは水曜の朝に遺体として発見されたジュリエットの埋葬を目撃して直ちに飛んできたのですから、今夜とは水曜日の夜のように思えます。しかし、よく考えてみると、そうではありません。薬の効き目は42時間。そして、ジュリエットが薬を飲んだのは、火曜から水曜にかけての夜。薬を飲んだ直後の場面で父親が「もう午前3時だ、夜が明ける！」と騒いでいますから、かりに水曜の午前3時前に飲んだとすれば、目が覚めるのは木曜の午後9時前という計算になります。つまり、バルサザーがロミオのもとに「訃報」を届け、ロミオがジュリエットのもとに駆けつけるのは、水曜ではなく木曜なのです。

この一日の空白は、観客には体感されません。芝居を観ている限り、ジュリエットが遺体で発見された朝と、ロミオがその知らせを聞いた朝が、なんとなく同じ日であるように思えてしまうのです。シェイクスピア学者のなかには、観客に体感されない一日の空白があるのはおかしいということで、「42時間」という表記は「24時間」の誤りではないかとして、全体を4日間の出来事と断定する人もいますが、ここではシェイクスピアの書いたとおり「42時間」としておきましょう。

さて、ロミオは「神父さまからの手紙」はないのかとバルサザーに尋ねていますが、のちの場面で、手紙を届けに行ったはずのジョン神父が伝染病騒ぎに巻き込まれて足止めを食らったためにロミオにジュリエットの「死」の真相が伝えられなかったことが明らかになります。ジョン神父の報告に驚いたロレンス神父は、「この3時間以内に、ジュリエットは目を覚ます」からと、大慌てでジュリエットの眠る霊廟へ急ぎますが、それよりも早くロミオは、薬屋から毒薬を手に入れ、マントヴァからジュリエットの霊廟へ駆けつけてしまいます。ちょうど花を供えに訪れていたパリス伯爵がロミオを見とがめて斬りつけるものの、逆にロミオに倒されてしまいます。こうして、ロミオが眠っているジュリエットに語りかけながら自害する最後の場面となります。

ロミオ　ああ、愛《いと》しいジュリエット、
なぜまだそんなに美しい？　まるで、
姿なき死神が恋におち、
やせこけた恐ろしい怪物の姿になって、
この暗闇に君を囲っているかのようだ。
そうだといけないから、いつまでも君と一緒にいよう。
この夜の帳《とばり》の宮殿を、決して
離れはしないぞ。〔中略〕目よ、見納めだ。

腕よ、最後の抱擁だ。そして唇よ、ああ、
息の通る扉よ、正当な夫婦の口づけで調印するのだ、
すべてを買い占める死神と交わした無期限の契約書に。〔中略〕
わが恋人に乾杯！〔飲む〕おお、嘘はつかなかったな、薬屋！
おまえの薬はよく効くぞ。こうして口づけをして死のう。〔倒れる〕

ロミオが倒れた直後にロレンス神父が霊廟を訪れますが、時すでに遅し。あたりは血の海で、パリスとロミオが死んでいます。

ロレンス　ロミオ！おお、青ざめて！これはだれだ？なんとパリスまで？
血まみれで？ああ、なんと残酷な時のいたずらか！
こんなことになってしまうとは！

そのとき、ジュリエットが目を覚まします。

ジュリエット　ああ、ありがたい神父さま、私の夫はどこ？
私、どこで目を覚ますのか覚えています。
ここがそうなのですね。私のロミオは？〔外で物音〕

ロレンス　だれか来る。さあ、この死の巣窟《そうくつ》から
出るのだ。ここには疫病と恐ろしい眠りしかない。

わしらにはどうすることもできぬ大きな力が、
計画を台なしにしてしまった。さ、来なさい。
おまえの夫は、ほら、おまえの胸に抱かれて死んでいる。
それにパリスまでも！　来なさい。おまえは
尼僧院に預けることにしよう。
質問している場合ではない！　夜警が来てしまう！　〔外で物音〕
さ、来るのだ、ジュリエット！　もうここにはいられない！♪　〔退場〕

ジュリエット　行くがいい。私は行かない。♪
これは何？　愛《いと》しい人の手に握られた盃《さかずき》は？
毒ね。これで永遠の別れを告げたのね。
ああ、意地悪。全部飲んでしまって、あとを追う私に
一滴も残してくださらなかったの？　その唇にキスを。
まだそこに毒が残っているかもしれない。
私を殺して、あなたのキスで。　〔口づけする〕
あなたの唇、温かい！

夜警　〔奥で〕案内しろ、小僧。どっちだ。

ジュリエット　物音が。急がないと。ああ、うれしい短剣。
この体をおまえの鞘《さや》にして。ここで錆《さ》びて、私を死なせて。

〔ジュリエットは自刃し、倒れる〕

こうしてジュリエットはロミオとともに悲劇的な最期を遂げ、二人の遺体を発見した両家がその死を嘆きつつ和解することで作品は終わります。

☆

ということで、結局何日の出来事だったと言えるのでしょうか。単純に考えれば、日曜から始まって木曜までの5日間ということになりそうです。しかし、ロミオとジュリエットが出会ってから死ぬまでということで考えるなら、日曜の夜から木曜の夜までの正味4日間という答えを出すこともできます。あるいは、薬の効き目を24時間として4日間と言う人もいます。

それでは、6日間というのはどうでしょう？　最後の場面を詳しく見てみると、実は物語全体は6日間なのだとわかってきます。ジュリエットの遺体を発見した夜警が次のような気になるセリフを言うのです。

夜警一　床が血まみれだ。墓地を捜せ。

何人か、行け。だれでも見つけ次第、逮捕しろ。

〔何人かの夜警退場〕

無惨な光景だ。ここに伯爵が殺されており、

ジュリエットさまが血を流している。まだ温かい。死んだばかりだ。

二日前に埋葬されたはずなのに。

ジュリエットが埋葬されたのは水曜日です。それが「二日前」ならば、今は金曜日でなければなりません。そして実は、これまでとまったく同じパターンで、なんと夜はいつの間にか明けており、すでに金曜の朝になっているのです。

ヴェローナの大公は、「こんなに早く、朝の眠りから私を叩き起こすとは、いったい何事だ?」と言って登場します。そして、芝居の最後を締めくくる大公のセリフでも、朝の到来が語られます。

大公　朝となっても、静かに暗い。♪

太陽も悲嘆に沈んで面《おもて》を上げぬ。♪

さあ行こう、悲しき顚末《てんまつ》を語って弔《とむら》い、♪

赦《ゆる》すべき者は赦し、罰すべき者は調べ上げん。♪

かつてないほどの悲しみの至り。♪

これぞ、ロミオとジュリエットの物語。♪

〔一同退場〕

これで完全に芝居は終わります。最後の場だけで、夜の9時ごろから明け方までの時間があっという間に経ってしまうのです。朝が来て終わるというシェイクスピアお得意の展開がここでも繰り返されており、それゆえ、この劇は日曜の9時から金曜の早朝までの6日間にわたる出来事を描いていると言えるわけです。

簡単にまとめておくと、次のようになります。

日曜日の朝9時前に喧嘩騒ぎがあり、**夜**に舞踏会、《出会いの場》、そして《バルコニーの場》と続いて、気がつけばもう**月曜日の朝**。そのままロミオは神父のもとへ走り、挙式を依頼し、午後にジュリエットと結婚、その1時間後にティボルトを殺して追放を宣告されたロミオは**その夜**、ジュリエットの部屋へ。キャピュレットが娘とパリスとの結婚を決定し、「もう朝が明けそう」と言っているうちに早くも**火曜日の朝**となって、初夜を過ごしたロミ・ジュリが後朝の別れ。その日の**午前**、ジュリエットは神父から薬をもらい、**夜**、服薬。キャピュレット家が徹夜で結婚披露宴の準備をしているうちに**水曜の朝**になってしまい、ジュリエットの「遺体」発見、埋葬。

木曜日にロミオは「訃報」を受け、その**夜**、パリスを殺し、ジュリエットを抱いて服毒。目覚めたジュリエットも後追い自殺。すぐに**金曜日の朝**が来て、両家の和解。

驚くべきことに、この劇に出てくる人たちはほとんど寝ていないのです。寝る時間もないほど時間が詰まっていたり、逆に一日ぽっかり空いていたりということが起こっているわけですが、劇を観ているあいだは、次々に展開する出来事に気をとられて正確な時間の流れなどわからなくなります。言ってみれば、現実的な時間の流れやリアリスティックな整合性など、演劇的な時間の流れのなかではあまり意味を持たないのです。こうしてシェイクスピアは、心理的な時間の流れを巧みに操作することにより、あっという間に燃え上がって花火のように美しく散っていく恋の激しさを描いたのです。

時間を超越するロミ・ジュリの悲劇は、四百年という時間を超えて私たちに訴えかけてきます。次のお話では、その魅力を探るため、作品のテーマについて掘り下げて考えてみることにしましょう。

第2回　命かけて恋——テーマ

純愛悲劇『ロミ・ジュリ』が名作とされる、その最大の魅力はどこにあるのでしょう。そこに描かれているのは、おだやかに永続しうる愛《アガペー》ではなく、ロレンス神父が「触れたとたん爆発する火と火薬のよう」と形容するほど、危険で、狂おしく瞬間的に燃え上がる恋《エロス》であるということは確かです。それでは、この作品の最大の魅力は、激しく、はかない究極の恋が、まるで夏の夜空を彩る花火のように美しく散っていく様を描いたところにあると言えばよいのでしょうか。しかし、それは結局、「命をかけた大恋愛はステキ」と言っているにすぎないのかもしれません。もう少し別の視点から——たとえば、恋とは何か、悲劇の原因は何かといったところから——掘り下げて考えてみることにしましょう。それによって、この作品が掲げる「恋愛」という表看板の裏側にあるものが見えてくるはずです。

まずは、恋とは何かという問題から——。

恋は夢

恋は愚かな夢。それは喜劇『夏の夜の夢』でも扱われるテーマです。恋も夢も一種の狂気だとシェイクスピアは言います。どちらも日常から逸脱し、理性的な判断力のきかない感性の世界へ浮遊するわけですから、確かに正気の沙汰ではありません。

恋にのぼせるとは、夢見心地になることです。醒めていて理性ばかりが働くと、夢を信じるのは愚かしいと思いがちですが、恋をするには理性を捨ててバカにならなければなりません。おめでたい人間こそ、バカになって恋をし、めでたい結婚ができるというものです。愚かしさは人間らしさであり、礼賛すべきだという当時の人文主義《ヒューマニズム》の前提に立てば、ロミオが夢の力を信じるのはすばらしいと言えます。ただし、理想の世界に生きるロミオには、地に足が着いていないところがあります。そんなロミオをからかうのが親友のマキューシオ。皮肉な物の見方をして、夢を笑い飛ばします。

夢を信じる男と夢を笑う男。この対比には大きな意味があります。ロミオが陽なら、マキューシオは陰であり、ロミオが光なら、マキューシオは影。「影」(shadow)という英語は、当時、「肖像画」という意味で使われることもあり、「原物に似せたもの」、「似姿」という意味がありましたが、これは日本語でも同じで、影武者と言ったり、模造品のことを影と呼んだりするのは、英語の「影」と同じ発想です。シェイクスピアが粉本として用いたアーサー・ブルックの『ロウミアスとジュリエットの悲劇的物語』では、マキューシオはキャピュレット家の舞踏会でジュリエットの隣に坐った青年貴族というだけの、きわめて地味な脇役でしたが、シェイクスピアはその人物を大きくふくらませ、ロミオの分身ともいうべき重要な人物に仕立てあげました。マキューシオはロミオの身代わり、分身、似姿として「影」であり、同時にロミオの持つべき暗い側面をすべて引き受けるという点でも「影」なのです。若い男なら当然持っているはずの性欲や血の気の多さといった負の部分をマキューシオはロミオに代わって引き受けているからです。ロミオが純愛に突き進むことができるのも、ロミオの負の分身《ドッペルゲンガー》としてのマキューシオが恋を嘲笑してみせることで、二人がバランスを取りあっているからにほかなりません。

それゆえ、ロミオたちがキャピュレット家の舞踏会に忍び込もうというとき、マキューシオがわけのわからない夢の話を長々とするのは意味深長です。恋という夢の世界へこれから入っていこうとするロミオに対し、前もって夢の荒唐無稽さを教えるかのようです。ロミオが「おまえの言うことには意味がない」(Thou talk'st of nothing) と言うと、マキューシオは、その言葉を「おまえは無 (nothing) のことを話している」という意味にとって、「夢だから無なのは当たり前だ」と答えてみせますが、マキューシオが恋や夢を

「無」としてとらえるのに対し、ロミオは「無から生まれた有」としてとらえているところが二人の決定的な違いです。

ロミオのように「夢は正夢」と言って夢を信じることができるのか、それともマキューシオのように「夢を見る奴は嘘をつく」と言って夢を信じないのか〔本書22頁参照〕。大恋愛ができるかどうかの秘訣はそこにありそうです。夢を信じられるかどうか。『ロミ・ジュリ』の魅力は、夢を信じることのすばらしさを教えてくれるところにあると言い換えてもいいかもしれません。

そのように夢に特別な意味が与えられるこの劇の最終幕で、ロミオが実際に「夢を見た」と語り出すことは象徴的です。「夢は正夢」と言っていたロミオは、ここでも「自分の見た夢は正夢かもしれない」と考えるのですが、ジュリエットの「訃報」を聞いたとたん、その夢を信じることをあきらめてしまいます。

ロミオがその夜見た夢とは、ジュリエットがやってきて、ロミオが死んでいるのを見つけ、彼に口づけをすると、彼は生き返って皇帝になるという夢です。しかし、この直後に観客が目にするのは、その逆です。ロミオが墓場にやってきてジュリエットが死んでいるのを見つけ、口づけをしてもジュリエットは生き返らず、ロミオは自殺をするという展開ですから、結果として夢は逆夢《さかゆめ》となります。しかし、もし夢を語るマキューシオがまだ生きていて、「夢を見る奴は嘘をつく」と、もう一度ロミオにいたずらっぽく語りかけ、ロミオが決然と「夢は正夢さ」と言い返せたなら――現実的な視点はマキューシオに任せて、どんなことがあっても夢を信じられたなら――本当に正夢となったかもしれません。夢のなかでロミオとジュリエットが入れ替わっていただけのことで、ロミオの口づけでジュリエットが仮死の眠りから覚めることだって――もしロミオがそう信じて、ジュリエットの目覚めを待っていたとしたら――充分ありえたのですから。眠れる森の美女さながら王子様の口づけで目を覚ます、そんな夢がもう少しで実現しそうだったからこそ、互いに後追い自殺をするという破局は一層悲劇的に思えてくるのです。

悲劇はなぜ起こったか

この悲劇の原因はどこにあるのでしょう。もし、ロレンス神父の手紙がきちんとロミオに届けられていたら……。あるいは、ロミオの従者がそんなに早く「訃報」を伝えず、ロミオがジュリエットの墓に駆けつけるのがもう少し遅かったら……いや、ジュリエットが目を覚ますのがもう少しでも早ければ……。あるいはせめて、ロレンス神父がロミオよりも先に墓場に着いてさえいれば……。

情報社会の現代だったら、ジュリエットが薬を飲む前に携帯で電話を入れておけばすむことです。「もしもし、ロミオ？　私。これから薬飲むけど、42時間したら目が覚めるはずだから。目が覚めるときに、迎えに来ていてくれなきゃイヤよ。じゃあね」と連絡を入れておけば――そして、ロミオのいるマントヴァが圏外でなければ――悲劇にはならなかったはずです。

そのように考えれば、悲劇はささいな行き違いや偶然の積み重ねから生まれたのだとも言えますが、それではその偶然の積み重ねのきっかけはどこにあったのでしょう。

劇の流れに気をつけてみると、最初は喧嘩騒ぎで始まるものの、男たちの卑猥なジョークがあったり、快活なマキューシオがロミオをからかったりと、陽気で愉快な展開になっていることがわかります。

この劇は、喜劇として始まっているのです。

シェイクスピアの恋愛喜劇を見てみると、たいてい最初は、結婚を許されないとか、追放の宣告を受けるとか、何かしらの障害があり、その障害を乗り越えることで大団円がもたらされる構造になっていますから、『ロミ・ジュリ』の場合も、運命が微笑みさえすれば喜劇で終わったはずなのです。ところが、劇の流れは途中で変わり、後半からどんどん人が死んでいきます。その最初の犠牲者がマキューシオです。彼の死がきっかけとなって、度を失ったロミオがティボルトを殺した時点から劇は一転して悲劇に変わっていくのです。

では、マキューシオが殺されたのは誰のせいでしょう。マキューシオは、ティボルトと斬り結んでいるときにロミオに制止され、その腕の下からティボルトに刺されたのでした。「なんだって、おまえ、割って入った？　おまえの腕の下からやられたんぞ」と、マキューシオはロミオを責めます。ロミオは親友を死なせてしまったのです。それはなぜでしょう。意外なことに思えるかもしれませんが、それは、ロミオがジュリエットに惚れたために男でなくなったからです。

恋する男は女々しいか？

確かに、ロミオと言えば、今では、女にモテる恰好《かっこう》いい男の代名詞にもなっており、剣を抜いて戦えばティボルトやパリス伯爵を倒すほど強く男らしいからこそ、この純愛物語も成り立つのですが、ティボルトから喧嘩を売られたロミオは「男らしい」とは言えないありさまになっています。

ここで注意しておきたいのは、これは身分のある男なら剣を腰につけていた時代の話だということです。腰から剣をはずして小姓に持たせることもありましたが、外出するときは剣を手放すことはありませんでした。ひとたび名誉が問題となれば剣を抜いて目にもの見せてやるという気概がなければ、男がすたると考えられていた時代です。しかも、舞台はイタリア。伊達《だて》男のメッカです。そして季節は夏。熱い男たちの血潮が沸き立っていま す。さらに言えば、この状況は、エリザベス朝時代のロンドンの社会事情を反映していました。度重なる喧嘩ご法度《はっと》の勅令にもかかわらず、町の至る所で喧嘩や決闘が絶えず、シェイクスピアと同時代の劇作家であるベン・ジョンソンなどは、決闘をして仲間の俳優を殺したことを自慢していたくらいです。伊達男たちは剣の稽古をかかさず、芝居がかかっていない劇場ではフェンシングのトーナメントが催されることもあり、フェンシングはスポーツの花形でした。実際に決闘をしなくても決闘のやり方ぐらいは本で読んで知っているのが当たり前という文化でした。

観客のなかには腰に剣をつけていた男たちも多かったわけですから、舞台上での決闘はそうした連中をも納得させるほど本格的だったに違いありません。蜷川幸雄さん演出のホリプロ公演（日生劇場）［89頁図版参照］で爽快なロミオを演じた藤原竜也さんは、その前にハムレットを演じて多くの賞に輝きましたが、ロミオの剣の立ち回りはハムレットよりも大変だとおっしゃっていました。確かに、この劇にはアクション面においても観客をわくわく、はらはらさせる要素が盛りだくさんにあります。

ですから、ティボルトがロミオに「おまえは悪党だ」、「小僧」などと罵声を浴びせて挑戦したとき、観客は当然、即座に立ち回りになることを期待したはずです。「裏切り者」、

「嘘つき」、「小僧」などの侮蔑の言葉を浴びせられたら、直ちに剣を抜く展開になるのが当時の芝居の常套でした。観客は喧嘩の野次馬気分を味わえたのです。

ところが、ロミオは戦おうとしません。と言うのも、つい1時間前にジュリエットと密かに結婚したばかりのロミオにとって、彼女のいとこのティボルトは今や親戚となり、ジュリエットのためにも、ティボルトに剣を向けるわけにはいかなくなってしまったからです。ですから、どんな侮辱を加えられても、ロミオはじっとこらえます。

こうして屈辱に耐え、刃傷沙汰に及ぼうとしないロミオは、優等生のように見えますが、このヴェローナで男を張って生きている気風《きっぷ》のよい男たちにとって、屈辱に耐えるなど、柔《やわ》で女々しい、情けないことにほかなりません。親友のマキューシオは、ロミオの懦弱《だじゃく》な態度に驚き、怒り、ロミオに代わってティボルトと斬り結びます。マキューシオは、軽口を叩くお調子者ですが、身分のある貴族、それも大公の身内の者であり、何よりも名誉を重んじる男です。ところが、ロミオは「よい子」となってマキューシオとティボルトの喧嘩を止めようとしました。喧嘩の仲裁に入るロミオの優等生ぶりは、正しい態度かもしれないが男気に欠けるという重大な矛盾（オクシモロン）をはらむことになります。こうして、ロミオがティボルトとマキューシオのあいだに割って入ったばかりに、マキューシオはロミオの腕の下からティボルトの剣に刺されてしまうのです。

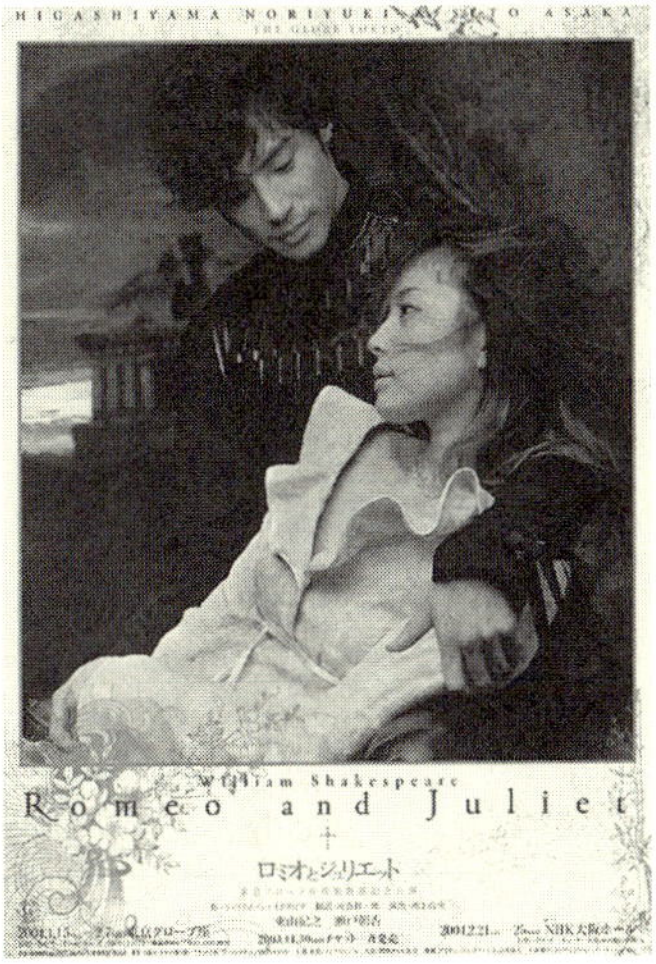

▲「ロミオとジュリエット」鴻上尚史演出、東山紀之・瀬戸朝香主演、河合祥一郎訳、東京グローブ座公演（二〇〇四年一月）のチラシ

▼「ロミオとジュリエット」蜷川幸雄演出、藤原竜也・鈴木杏主演、松岡和子訳、日生劇場公演（二〇〇四年十二月）のチラシ ©ホリプロ

▼『ロミオ&ジュリエット』（一九九六年制作）バズ・ラーマン監督、レオナルド・ディカプリオ、クレア・デインズ主演、オリジナル・サウンドトラックより

もちろん、マキューシオが殺されたのは事故であって、ロミオのせいではないと考えることもできますが、当のロミオはそう思ってはいません——「俺の親友、しかも大公の身内でもある男が、俺のために致命傷を負った。傷ついた俺の名誉を守ろうとしてくれたのだ」と、ロミオは言います。そうなると今度は、ロミオは剣を抜かなかった自分の女々しさを悔いることになります。そして、あろうことか、自分の弱さをジュリエットのせいにするのです——「ああ、ジュリエット、君の美しさが俺を女々しくし、俺の勇気の鋼《はがね》を柔《やわ》にした」と。

女にうつつを抜かしたばかりに、男気を失ったというわけです。これは、かなりな問題発言ではないでしょうか。ジュリエットが聞いていたら何と思ったでしょう？

この展開は、完全にシェイクスピアのオリジナルであるという点にも注目すべきです。粉本であるアーサー・ブルックの物語では、ロウミアス（ロミオ）は剣を抜くことに躊躇しません。両家の喧嘩を止めようとはするものの、剣を抜いたためにティボルトに打ってかかられ、ティボルトの喉元を突いてしまうという極めて単純な筋になっています。そこにマキューシオは登場しませんし、そもそもマキューシオはロウミアスの親友ではありません。つまり、ロミオが「勇気の鋼が柔になった」ために剣を抜かなかったという筋は、シェイクスピアが書き加えたものであり、そこにシェイクスピア独自の男性観を見ることができるのです。

ふにゃふにゃロミオ？

女に心を奪われては男の勇気が鈍るというロミオの発想の背後には、ルネサンス特有の男らしさの概念があります。女の柔和さに触れると、男は腑抜けになってその頑強さを失ってしまい、本来あるべき剛勇な男性性が壊れると考えられていました。男の気質《ヒューモア》は、乾燥して熱い火のようなものであるのに、それが女性のしっとりとした水のような気質の影響を受けると萎《な》えてしまうというわけです。

少なくとも、この悲劇において、ロミオ追放の原因となった最初の流血事件は、ジュリエットに心を奪われたロミオがその熱い男性性を失ったことがきっかけで起こったということになります。ロミオは、男として守るべき名誉という、男のアイデンティティの拠り所を、恋ゆえに失ってしまうのです。

そのように考えていくと、この芝居の幕開きから、剣と盾をもったキャピュレット家の従者たちが「男を立てる」(男性自身をおっ立てる) ことについて卑猥な冗談を言っていることにも重要な意味があることがわかってきます。この作品世界では、剣は男性性の象徴であり、その剣を抜くことは男を立てることを意味しているのです。

マキューシオが言う猥雑な冗談のひとつひとつにも意味があります。たとえば、「はらわた抜かれて腑抜けたロミオ、そのミを失い、ロオ人形」――一見、くだらない駄洒落を言っているようですが、「そのミ」とは、原文では雄魚の白子（roe）、精子のことを指します。雄にとって一番大切なものがなくなってしまったというわけです。

また、マキューシオはこうも言います。「哀れ、ロミオはもう死んでるよ。色白女の黒目に射抜かれ、恋歌に耳を貫かれ、盲目のキューピッドの矢で心臓のどまん中をぶち抜かれている。それで、ティボルトの相手がつとまるか。」マキューシオは、ロミオの恋愛をおもしろおかしくはやしたてながら、恋をすることで男気を失ってしまったロミオの問題点を見事に見抜いていたわけです。

マキューシオとティボルトが殺される場面は、単なるアクション・シーンではなく、作品のテーマの上でも重要な場面です。というのも、この作品が掲げる表看板である「恋」とは別に、裏看板としてある「名誉」が最も問題にされる場面だからです。ロミオの名誉を守ろうとして剣を抜いたマキューシオは、ロミオに代わってロミオの男らしさを担う存在となります。ロミオはマキューシオを失うことで、自分の男らしさを失うことになるわけです。こうして、**ロミオの分身《ドッペルゲンガー》マキューシオが死んだ時点から、恋の悲劇が始まる**のです。

なお、この時点を境に、ロミオのもうひとりの分身《ドッペルゲンガー》ベンヴォーリオも姿を消してしまいます。ロミオのいとこである理性的なベンヴォーリオは、ロミオがその恋心を最初に明かす親友であり、ロミオの心中を誰よりも理解し、よき忠告者でもあり、「善意」（Benvolio）の存在として、ロミオの善き側面を表わす分身です。しかし、マキューシオがいなくなると、ベンヴォーリオも登場しなくなってしまい、ロミオは独りきりで「男としての名誉」を失った自己と対峙《たいじ》しなければならなくなります。

同じことはジュリエットにも言えます。ジュリエットの「影」は、ジュリエットが唯一の心の友とする乳母です。乳母はジュリエットの「分身」と言うには、あまりにもジュリエットとかけ離れすぎているものの、マキューシオと同様、性愛としての愛に頻繁に言及して、肉体的な男女関係に過剰に関心を見せます。そのおかげでジュリエットの純真さが強調されるのです。つまり、若い二人が純粋で清らかな愛にひた走れるのも、恋愛の形而《けいじ》下《か》的な部分、愛のどろどろとした部分を、マキューシオや乳母が引き受けてくれているためなのです。そして、のちに明らかにするように、ジュリエットもその影法師を失うことで悲劇の道を歩み始めることになります。

そのことは、夢の世界に生きているロミ・ジュリが、ほとんどいつも夜に会っていることと無関係ではないかもしれません。あわただしく結婚するときに昼の光を浴び、後朝《きぬぎぬ》の別れのときに朝の光を浴びる以外は、二人は夜の闇に守られ、自らの影法師を目にすることがないのです。そして、マキューシオと乳母という代理の影法師を失うとき、二人は死という完全な闇のなかでしか生きられなくなっていたのです。

「名誉」をかけた争い

表看板である「恋」とは別に、裏看板として「名誉」があると言いましたが、このことは幕開きの喧嘩騒ぎから示されています。現代に舞台を移したバズ・ラーマン監督、レオナルド・ディカプリオとクレア・デインズ主演の映画『ロミオ&ジュリエット』〔89頁図版参照〕では、キャピュレット家とモンタギュー家の争いはピストルを撃ち合うギャングの抗争となっており、『ロミオとジュリエット』を翻案したミュージカル『ウエスト・サイド・ストーリー』では、ナイフをちらつかせるチンピラの小競り合いと化していますが、本当はそうではありません。喧嘩直前の両家の従者たちは、常に敵方に「サー」(sir) と呼びかけ合い、妙に丁寧な言葉遣いをしているのです。「サー」を吐き捨てるように言うことで軽蔑の意を表わしているものの、実に気取った話し方をしています。それは、彼らが体面を重んじ、主人の名誉にかけて戦おうとしていることの証《あかし》です。つまり、この喧嘩は、由緒ある家柄の名誉と結びついた〈男ぶり〉の発露なのであって、チンピラやギャングの喧嘩などではないということです。

さらに、マキューシオが殺されてしまう立ち回りの場面では、アーサー・ブルックの物語にある両家の乱闘シーンと違って、ティボルトがロミオのみを名指して一対一の決闘を求めているという点も見逃せません。問題となるのはあくまで男としての名誉なのです。そう考えると、気になるセリフがあります。ティボルトがロミオに投げかける次のセリフです。

ティボルト　**小僧、そんなことで、おまえが俺に加えた侮辱の言い訳にはならん。だから、こっちを向いて、抜け。**

ロミオ　**君を侮辱した覚えはない。**

ロミオがティボルトに加えた侮辱とは何でしょうか。ロミオはそのことを認識していないようですが、これは一体どういうことでしょうか。ここにティボルトが挑戦してきた事の真相を知る鍵が隠されています。

まず思いつくのは、キャピュレット家の舞踏会にロミオが忍び込んでいるのを見つけたティボルトが、怒って剣を抜こうとしていたことです。叔父のキャピュレットに止められ、しぶしぶ引き下がったティボルトの怒りが今爆発しようとしているのだということは確かです。しかし、ティボルトは、「おまえが俺に加えた侮辱」と言っています。「キャピュレット家への侮辱」ではなく、もっとプライベートなことで怒っています。その「侮辱」とは一体何なのでしょう。この謎を解く鍵は、舞踏会の翌朝、ベンヴォーリオたちが交わしていた次の会話にあります。

ベンヴォーリオ　キャピュレットの甥《おい》っ子ティボルトが、ロミオの親父のところへ手紙を送りつけたようだ。

マキューシオ　そりゃ絶対、挑戦状だな。

ベンヴォーリオ　ロミオは受けて立つな。

これは、ブルックの物語にはない、シェイクスピアのオリジナルの加筆部分であり、そこには大きな意味が込められています。舞踏会の翌朝にティボルトがモンタギュー家のロミオ宛に送りつけた挑戦状には何が書いてあったのでしょうか。普通、挑戦状には決闘の場所と時間が指定してあるものです。ところが、ロミオは舞踏会のあと、明け方までジュリエットと愛を語らい、そのままロレンス神父のもとへ行ってしまって家に帰っていませんから、ティボルトが送った挑戦状を読んでおらず、指定された果し合いの場所にも行っていないことになります。ティボルトがその場所でロミオを空しく待ち続けたとしたら、彼の怒りは並大抵のものではなかったでしょう。それが、恐らくティボルトが言う「おまえが俺に加えた侮辱」の意味であろうと考えられます。ロミオが来るのを目にしたティボルトが「俺の相手が来た」と言う言葉の真の意味もそこにあるのでしょう。

つまり、この芝居では、二通の手紙がロミオに届かなかったことになります。一通はこのティボルトの挑戦状であり、もう一通はロレンス神父がジュリエットの「死」の真相についてロミオに知らせようとして書いた手紙です。どちらの手紙もロミオの手に渡ることはなく、そのためにロミオは、自分がどのような運命に導かれているかわからないまま悲劇への道を歩んでいくことになります。

ロミオは男になれるか

ティボルトが挑戦状を送ったことを考えれば、ようやくロミオを見つけたティボルトが「抜け」と迫るのは、単に喧嘩をしかけているのではなく、決闘に応じろと求めていることになります。応じないロミオに代わって代役《セコンド》を買って出たマキューシオと戦うものの、本来の相手はロミオであり、マキューシオを殺そうとは思っていなかったでしょう。ところが、突然ロミオが飛び込んできたために、意図せずマキューシオを刺してしまいます。動顚《どうてん》したティボルトは思わずその場を立ち去りますが、もともと名誉を重んじる男ですから、逃げたとあっては恥になると考えて戻ってきます。しかし、激しい怒りのために態度をがらりと変えたロミオに倒されてしまうのです。

ロミオがティボルトを倒すのはロミオが勇敢だったからではなく、親友を殺されて理性を失ったためです。さっきまで喧嘩をやめろと言っておきながら、今度は自分から剣を抜いて人を殺《あや》めるのですから、その矛盾は明らかです。剣を抜くのは男ぶりを示すことだとは言っても、我武者羅《がむしゃら》に剣を振り回して相手を殺してしまうのは分別ある男のやることではありません。このあたりの違いを、オリヴィア・ハッセーとレナード・ホワイティングが主演したゼフィレッリ監督の映画『ロミオとジュリエット』ははっきりと描いています。ティボルトとマキューシオが剣の試合を楽しむようにして戦うのに対し、ロミオの戦いぶりは単なる激情の炸裂でしかありません。バズ・ラーマン監督の映画で、ディカプリオ演じるロミオが涙ながらに大声をあげて突進していくのも、そうした激情を見事に描いています。親友を失った悲痛によって心の平静を失った結果、ロミオは前後の見境なく愚かな罪を犯し、「ああ、俺は運命に弄《もてあそ》ばれる愚か者だ」と嘆くことになるのです。

これ以降、シェイクスピアは、ロミオが男らしくなくなってしまったことを強調します。ティボルト殺害の咎《とが》で自分が追放を命じられたことを知ると、ロミオは泣き崩れ、乳母から「男なら立ちなさい」と叱られます。ところが、ロミオは、あろうことか、短剣で自分を刺そうとします。自暴自棄になって自殺を図ろうとするとは、ジュリエットのことすら考えていない、男らしくない情けない行為です。しかも、このときロミオから短剣を取り上げるのは乳母なのです。女に剣を奪われるほど、ロミオの男ぶりは地に落ちたということです。

ロレンス神父も、「それでも男か。外見は男でも、その涙は女々しいぞ」、「見かけは男でも、中味は女の腐ったのだ」、「男としての勇気を失っては、その立派な容姿も蠟《ろう》細工にすぎぬ」などと叱ります。そして、死刑にならなかった幸運に恵まれていながら、「おまえは、躾《しつけ》の悪い、すねた小娘のように」ふくれ面をしていると言います。確かにロミオは、「ああ、ジュリエット、君の美しさが俺を女々しくし」たと叫んで以降、すっかり男気を失ってしまったように見えます。

事態を打開するために勇気を見せるのはジュリエットのほうです。彼女は、パリス伯爵との結婚を逃れるために仮死状態になる薬を飲みますが、その薬を渡すとき、ロレンス神父は言います。「くだらぬ移り気や、女々しい気後れから、やりとげる勇気を失うことがなければ」うまくいくだろう、と。ひょっとしたらロレンス神父に騙《だま》されて、薬と称して毒を渡されたのかもしれないと不安になりつつも、死を覚悟して薬を飲むジュリエットは、「女々しい気後れ」に打ち勝つのです。

もちろん、ロミオも死を恐れてはいません。二人が初めて契りを結んだ朝、彼はジュリエットのためならそのままそこに残って殺されてもいいと言いますし、のちにジュリエットの死の誤報に接したときは真剣に死を決意します。しかし、死を決意するくらいではロミオの男ぶりは回復しません。シェイクスピアは他の作品で、自害することを「女の勇気」と呼んでおり（『アントニーとクレオパトラ』第4幕第14場）、ロミオが男として最期を迎えるには、ただ自殺するだけではすまないのです。ロミオはなんとかして男らしさを取り戻さなければなりません。

そのため、ジュリエットが死者として安置された霊廟へロミオがやってくる場面に、シェイクスピアは再び、ブルックの物語にない一場を加えています。ブルックの話では、ロミオはパリス伯爵と出会わずに独りで霊廟に入って自殺するのですが、シェイクスピアはロミオをパリス伯爵と出会わせ、二人が戦う一場を設けているのです。

こうして、丁々発止《ちょうちょうはっし》で幕を開けた芝居は、丁々発止で最終場を迎えることになります。ロミオは、ティボルトとの争いを避けようとしたように、パリスと争うのを避けようとしますが、今度こそ、男として——激情に駆られて無意味な殺生をするのではなく、どうしても対決が避けられないことを確認した上で——決闘に応じ、ロミオのほうから侮蔑の言葉を投げつけます。

ロミオ　**俺を怒らせようというのか。では、覚悟しろ。小僧！**

「小僧」という挑戦的な侮蔑の言葉を吐くのは、今度はロミオです。そして、彼は、パリスを倒すことによって、男らしさを取り戻すことになります。それは、いわば、どちらがジュリエットの相手としてふさわしいかを決める決闘でもあり、ロミオはパリスを破ることでその真価を示すのです。

ロミオは、柔《やわ》になってしまっていた男性性を再び硬化させ、ジュリエットとともに果てるための強さを取り戻します。ジュリエットが自分の体を鞘《さや》として受け入れる硬い短剣がロミオの男根のメタファーとなって、二人の死は愛のクライマックスを暗示するということは、よく指摘されることです。確かに、毒を手にするロミオは「ジュリエット、今夜は一緒に寝よう」と言っています。けれども、ロミオの硬化ないしは彼が男を立てることにあまり性的な深読みをしてしまうと、ロミオが毒によって――液体を体内に受けて――死ぬという女性的な果て方をし、ジュリエットが剣で体を貫く男性的な死に方をしていることとの説明がつかなくなるでしょう。この悲劇が完結するためには、ジュリエットの美しさに匹敵するだけのロミオの男らしさが確認されなければならないと言えば足りることです。

男の「名誉」と女の「名誉」

ロミオとジュリエットが輝いているのは、ただ無我夢中で恋に生きたからではありません。名誉をかけて恋を貫こうとしたからです。この劇の表看板である「恋愛」と、裏看板である「名誉」は、表裏一体となっているのです。

「名誉」（honour）という言葉は、今では単なる社会的な尊敬や栄誉という意味でしか用いられなくなってきたようですが、シェイクスピアの時代には「自尊心」、「尊厳」、「節操」という意味でよく用いられ、女性の「貞節」や「淑徳」もhonourと呼ばれていました。結婚するとは、自らの名誉を、つまり自分が大切にするすべてを、たった一人の人に与えることです。それが女性の場合は「貞節」、男性の場合は「尊厳」や「節操」を意味し、男女で意味が違ったのは男性中心社会であったためですが、そんな社会でも純愛は成立します。すなわち、ジュリエットが乙女の操《みさお》をロミオに捧げる一方、ロミオもまた、ジュリエットがいたずらに放したり引き戻したりする小鳥になりたいと言い、ジュリエットが望むなら死んでもいいと言うことからもわかるように、己の存在をかけて――つまり名誉をかけて――恋を捧げているのです。

恋する女性のために命をかける覚悟ができていること――それは騎士道精神に基づく恋愛の形でもありました。騎士たるものは、自らの名誉を常に一人の女性に捧げて生きていくものです。その場合、恋とは、単に好きであるという感情の強いものではなく、命を含めて自分のすべてを捧げようという思いです。騎士の場合は、恋を捧げる女性が非常に高位の人妻であることが多く、結婚を考えたりはしませんが、ロミ・ジュリが恋からすぐに結婚へと突き進むのは、結婚が自分のすべてを捧げることを誓う恋の証《あかし》となるからです。結婚生活のなかで激しい恋は穏やかな愛に変わるものですが、ロミ・ジュリの場合は、その変化が起こる前に燃え尽きるのです。

ここでシェイクスピアの時代の結婚観を確認しておく必要があります。現代では結婚は社会生活のあり方としてとらえられ、社会的に認知されることで成立しますが、シェイクスピアの時代は（そして本当は今でも）結婚は神前で愛を厳粛に誓うことで成立し、その誓いによって維持されるものであり、法律によって愛が維持されるわけではありません。社会的認知よりも神に対する誓いこそが重要なのであり、たとえ親に内緒であっても、ロレンス神父によって教会で結ばれた以上、二人は正式な夫婦であるわけです。

ジュリエットにとって、正式な夫であるロミオがいながら、さらにパリスと結婚することなどありえませんでした。ですから、「追放されたロミオは戻ってこないのだから死んだも同然。だからパリスと結婚しなさい」と勧める乳母のささやきには、現代人が思う以上の恐ろしい意味があったのです。それはつまり、天にそむくことにほかなりません。そう考えれば、ジュリエットが「悪魔！」と激しい口調で乳母をののしるわけもわかってきます。しかも、社会的文脈で言えば、乳母はジュリエットに女としての名誉を捨てて売女になれと言ったも同然なのです。

夫以外の男性と性的関係を持つ女性は売女《ばいた》（whore）と呼ばれたのがシェイクスピアの時代です。女性は、乙女（処女）か人妻でなければ売女だと考えられていました。このことの意味の厳しさは、当時の何人かの劇作家たちが共同で書いた芝居『エドモントンの魔女』（一六二一）を見るとよくわかります。金持ちの娘スーザンは青年フランクを好きになって結婚するのですが、フランクには実はすでに隠し妻がおり、スーザンの財産を手に入れたら殺すつもりで重婚をしたのでした。夫に殺されそうになるスーザンは、愛しているのになぜ？ と聞きます。すると、夫は「おまえは売女だ」と言うのです。夫以外に男を愛したことのないスーザンには身に覚えのないことですが、夫は「実は自分には妻がおり、おまえは俺の本当の妻ではない」と明かします。スーザンは妻でもなく、もはや乙女でもないから、売女だということになるわけです。そして、哀れスーザンは、何の罪もないまま、女の名誉を失い、殺されてしまうのです。

当時は、女性が夫以外の男性と関係を持つことを禁じる余り、女性の貞操（honour）は絶対視されていました。シェイクスピアが書いた詩「ルクリースの凌辱」でも、夫の留守中に夫の友人に犯された貞女ルクリースは、事件を夫に告げたあと、名誉／貞操を汚されては生きていけないと考えて自害してしまいます。ルクリースは貞女の鑑と褒め称えられますが、彼女の死を賞賛することは、逆の視点から見れば、たとえ強姦の被害者であれ、貞操を失った女性に対して社会が投げかける厳しい侮蔑的視線を当然視することにもなります。

そうした文脈で見れば、夫ロミオに自分の名誉／貞操を捧げたジュリエットにとって、別の男の花嫁になることが、単に法律で重婚が禁じられているというレベルではなく、精神的なレベルで万死に値するという文化的背景がはっきりと見えてきます。

身分ある女性にとって、体を許す相手は結婚相手でなければならなかったのであり、だからこそ、ジュリエットは真っ先に結婚を口にするのです。確かに、ロミオがロマンティックに恋を語らっている最中に、さっさと結婚の約束を取りつけるジュリエットは、13歳であるにもかかわらず現実的な娘だという感じもしますが、そこに現代の結婚観に基づく誤解が入り込まないようにしなければなりません。身も心もロミオに捧げたいジュリエットが結婚を考えるのは、それだけ彼女が名誉を重んじる気位の高い女性であることを示します。そしてまた、当時の芝居において結婚適齢期のヒロインは14歳から16歳であり、シェイクスピアの『ペリクリーズ』に出てくるマリーナも14歳で夫を得ていますから、ほぼ14歳のジュリエットが結婚を考えるのは決して早すぎることはないのです。

恋は社会体制を越えて――ジュリエットの死の意味

結婚とは、名誉を重んじた恋愛のあり方でした。身分が高ければ高いほど、名誉の度合いも高くなり、場合によっては恋愛感情ではなく縁組による社会的名誉のみを目的とすることもあり、その典型がキャピュレットによる娘とパリス伯爵の縁談ということになります。ジュリエットが名家の子女でなければ、伯爵との結婚を無理強いされることもなく、精神的名誉を捨ててでも社会的名誉を取るようにと乳母から勧められることもなかったはずです。

貴族的社会体制への乳母の迎合ぶりは、最初のうちは滑稽ですが、最後は醜悪です。最初のうちの滑稽さとは、すなわち、ジュリエットの使いとしてロミオに初めて会いにいくとき、すっかりめかしこみ、下男のピーターに扇子を持たせて自分の前を歩かせる場面に表われています。乳母は、ジェントルマン・アッシャーと呼ばれる案内役を先導とする貴婦人の真似をしているのです。やや小柄なジェントルマン・アッシャーに扇子をもたせ、そのあとからしゃなりしゃなりと歩くのが貴婦人の枠でした。当時の観客は、乳母のおかしな偽貴婦人ぶりを笑うと同時に、乳母が憧れる貴族の価値基準が劇世界を支配していることを認識することになります。

乳母が貴族的社会体制に自らを同化させようとする滑稽は、笑ってすませられる問題ではありません。その社会体制こそ、ロミ・ジュリの恋をおしつぶすものだからです。社会体制の問題に注目すると、和製『ロミオとジュリエット』と呼ばれる歌舞伎や文楽の『妹《いも》背山婦女庭訓《せやまおんなていきん》』にも確かに『ロミ・ジュリ』と似た問題があることがわかってきます。この狂言では、親代々の不和が続く背山《せやま》の領主と妹山《いもやま》の領主それぞれの息子と娘が互いに恋に落ち、封建社会の悲しさで、息子久我之助《こがのすけ》は切腹、娘雛鳥《ひなどり》は母に介錯《かいしゃく》されて首を斬られ、その首を川渡ししてようやく念願の嫁入りを果たし、両家の親が涙を絞るという筋になっています。『ロミ・ジュリ』と同様に、社会体制を越えて愛し合った恋人たちが死によって両家の和解をもたらすのです。ロレンス神父のように、憎悪の渦巻く社会を変えようという意思を持った人物は登場しませんが、争いの愚かしさを問題にする点は同じです。

二〇〇四年一月に東山紀之さんと瀬戸朝香さんがとてもすてきなロミオとジュリエットを演じた東京グローブ座公演［89頁図版参照］において、演出家の鴻上尚史さんが戦争の愚かさを強調してみせたように、社会から憎しみをなくさなければならないと訴える力がこの劇にはあるということです。

有名な「ロミオ、ロミオ、どうしてあなたはロミオなの」というジュリエットのセリフにしても、そうした文脈で考えれば、単なるロマンティックな恋の嘆きにとどまらず、社会体制を越えた人間の本質を問うていることがわかります。というのも、ロミオという名前を否定するこのセリフは、自分の恋人がモンタギュー家の嫡男を指す「ロミオ」と切り離され、その社会的立場と無関係になることを求めているからです。これに続く有名なセリフ――「バラと呼ばれるあの花は、ほかの名前で呼ぼうとも、甘い香りは変わらない」――が示すように、重要なのは名前ではなく中味、肩書きではなく人となり、外見（appearance）ではなく実体（substance）なのであって、人間の本質は社会的認知と別のところにあると訴えているのです。

ただし、それは理想論であって、実際は、人間は社会のなかで生きていく社会的動物であり、その矛盾が葛藤を生みます。本当に名前を捨てられるなら、二人はさっさと駆け落ちをしていたでしょう。しかし、名家の一人娘、一人息子ですから、たとえ行方をくらませたところで必ず大掛かりな捜索が行われ、連れ戻されてしまいます。死んだもの、いないものとあきらめてもらうよりほかに二人が結ばれる手立てはなかった――そこにこそ、名誉ある身分の二人の悲劇があったと言えます。

名誉の裏側には不自由さや抑圧があり、男性的な権力や暴力があるがゆえに、悲劇が生じるとも言えるでしょう。剣をふるう男たちの暴力も、ジュリエットにパリスとの結婚を命じる父親の権力も、いずれも貴族社会を支える男性性の発露であり、ジュリエットはそうした男性社会の犠牲者となるのです。ただし、男性社会を形作っているのは男性だけではありません。パリスとの結婚を命じられて絶望したジュリエットが母親に救いを求めると、母親は「私に言わないで、私は何も言いません。困った子だね、好きになさい」と、けんもほろろにつきはなしてしまいます。しかも、ジュリエットの影法師としての役割を担う乳母さえもが、ロミオをあきらめてパリス伯爵と結婚しろと勧めるに至って、ジュリエットは完全に孤立します。味方についてくれてしかるべき母親も乳母も、男性社会の体制に与《くみ》してしまうのです。母親と乳母が示しえたはずの女性的な理解・優しさ・平和が示されず、逆に彼女たちが父権制を支えてしまうがゆえに、ジュリエットの悲劇が深められることになります。

こうして、それまで世間知らずの少女に過ぎなかったジュリエットは、母親と決別するのみならず、乳母に裏切られることで自分の影法師さえも失ってしまい、自立した一人の女として悲劇の道を歩んでいきます。そして、剣が振り回される剣呑《けんのん》な男性社会において、ジュリエットに残された道は、皮肉なことに、**自ら剣を——社会を支配する男性性の象徴を——その身に突き立てること**でした。

もちろん、ロミオもジュリエットも互いに後追い自殺をしあって自分たちの恋を全うする点では同じですが、剣でわが身を貫くジュリエットの死に方には、服毒自殺をするロミオの死に方と大きな意味の違いがあります。それは単に、剣が男性性の象徴であるということにとどまりません。ドラマトゥルギーの流れのなかでジュリエットが死ぬ場面が劇最大のクライマックスを成していることも重要です。すなわち、ロミオの死には、偶然のいたずらによって、死ぬべきでないときに死んでしまったというドラマティック・アイロニー（観客は知っているが、登場人物が知らない事柄のために起こる皮肉）があるのに対し、ジュリエットの死は、運命との待ったなしの真剣勝負となっていますし、ロミオの死に方にはジュリエットと一緒に眠ろうとする穏やかさがあるのに対し、ジュリエットの死に方には、二人の恋を許さない社会の抑圧から逃れるために、切迫した状況のなかでなんとしても恋を貫こうとする激しさがあります。一途で真剣な恋に生きる女の意気地《いきじ》とエロスが、恋愛と表裏一体となった名誉の厳しい堅さを自らにつきつけることで、二人の恋を永遠の美に変える劇的瞬間を生むのです。

　そこには、「命をかけた大恋愛はステキ」というレベルをはるかに超え、社会の堅い規範を乗り越えようとする〈恋〉の凜とした強さがあります。この劇の最大の魅力は、そうした〈恋〉というはかない夢の強さ——言ってみれば、〈恋のオクシモロン〉——を見せてくれるところにあると言えるでしょう。それは、恋愛と名誉とが表裏一体になっているがゆえのオクシモロンです。名誉に支えられているがゆえの強さを持ちながら、名誉の作り上げた社会の力につぶされてしまう、そんな〈恋のオクシモロン〉ゆえに、〈死〉という闇のなかで〈恋の夢〉が光り輝くという奇跡が一層切なく美しく私たちの胸を打つのでしょう。

第3回　恋は詩にのせて——テクスト

出会ってから14行のセリフでキスする恋のテクニック

好きな人ができて、声をかけてみたい、相手からも好かれたい、そしてできるならキスをしたいと思ったとき、あなたならどうしますか？　そんなときの恋愛テクニックをロミオが教えてくれます。ロミオは、ジュリエットを初めて見るや恋をし、恋をするや直ちに声をかけ、声をかけてからたった14行のセリフでキスをしてしまうという早業師《はやわざし》なのです。どうしてそんなことが可能なのでしょうか。いきなり彼女の手をとって、あっという間にくちびるを奪う魔法の口説き文句とは何でしょう？　いくつかの手がかりをもとにロミオの恋のテクニックを解明しましょう。

——手がかり①　「韻文」って何？

当時、「劇作家」（playwright）という言葉はなく、芝居書きはみな「詩人」（poet）と呼ばれていました。劇を書くにも、詩の形——つまり韻文（verse）——を使っていたからです。私たちは普段、韻文ではなく、小説や新聞などでお目にかかる散文（prose）に慣れ親しんでいますが、まず韻文とは何かを確認することにしましょう。

韻文と散文の違いとして、見た目にすぐわかるのは、散文は段落が終わるところで改行されるのに対して、韻文は一行一行改行され、各行の頭が大文字で始まっていることです。それが視覚的にはっきりした違いですが、もっと重要な違いは、散文では何が書いてあるか——つまり意味——が大切なのに対し、韻文では、意味のみならず、どんな韻律《リズム》や押韻《ライム》があるか——つまり言葉の響き——も重要だという点です。

詩を書くことは恋をするのと同じだとシェイクスピアは言いますから、この恋の悲劇の韻文がどんな響きをもっているか気をつけて見ていく必要があるでしょう。

——手がかり② 「韻」って何？

そもそも「韻」とは、何でしょうか。最近ではラップ音楽でおなじみになってきましたが、たとえば、プライドとブライド、トゥゲザーとウェザーといったように同じ音で終わっていれば、「韻を踏んでいる」、「ライム（押韻）がある」などと言います。シェイクスピアが子供のころに上演された古い劇のセリフは、必ず行末に押韻《ライム》（脚韻）がありました。

『ロミ・ジュリ』は、そんな押韻をふんだんに取り入れており、かなり修辞《レトリック》に凝った作品なのです。

——手がかり③　韻がなくても韻文とは、これいかに？

『ロミ・ジュリ』に押韻《ライム》が取り入れられている、という言い方をしたのは、そもそもシェイクスピアの韻文には押韻《ライム》がないのが普通だからです。韻がない詩、すなわち無韻詩（ブランク・ヴァース）こそ、シェイクスピアが最もよく用いた文体なのです。

　韻がなくても（無《ブランク》でも）韻文《ヴァース》とはどういうことでしょう。なんだかとんち問答のようですが、その答えは、無韻詩《ブランク・ヴァース》にない「韻」とは押韻《ライム》のことであるのに対し、韻文の「韻」とは韻律《リズム》を指すので、押韻がなくても韻律があれば韻文ということになります。押韻《ライム》も韻律《リズム》も「韻」だからこんがらがるので、これからは、ヴァースには必ずリズムがあるけれど、ライムがなければブランク・ヴァース、とカタカナ表記でいきましょう。

　ヴァースのリズムにはいろいろありますが、ブランク・ヴァースのリズムは決まっています。《弱い、強い》というパターンが5回繰り返されるリズムです。弱強のリズムは、英語の最も自然なリズムであり、たとえば the sun のような「冠詞＋名詞」の場合は、the（冠詞）を弱く、sun（名詞）を強く読むことで、弱強となります。このように基本的に弱強のリズムをつけながら読むと、英語が上手に読めるようになるはずです（学校で机を叩いてリズムをとりながら発音練習をしたことがありませんか）。その際、音節（母音から成る音のまとまり）の数に注意してください。**holy** なら2音節で強弱、Benvolio なら3音節で弱強弱となり、the **holy shrine**（聖なる御堂《みどう》）なら4音節で弱強弱強となるわけです。

ブランク・ヴァースは、弱強を5回繰り返す弱強5歩格というリズムで成り立っています。たとえば、《バルコニーの場》で、ロミオがジュリエットの部屋の窓から光がこぼれているのを発見したときのセリフは――

It **is** | the **east** | and **Ju-** | liet **is** | the **sun!**

（向こうは東、とすればジュリエットは太陽だ！）

と、弱強が5回繰り返されています。弱強のことを「アイアンビック」と呼び、5は「ペンタ」――アメリカの国防省がペンタゴンと呼ばれるのも国防省の建物が五角形をしているからです――、そして歩格は「ミーター」（meter）なので、アイアンビック・ペンタミター。これが弱強5歩格の英語名です。

——そして種明かし

では、いよいよ、問題のロミオの口説き文句を読んでみることにしましょう。数行ずつ見ていきますので、太字のところを強く、そうでないところを弱く読んでください。すると、基本的に弱強5歩格《アイアンビック・ペンタミター》であることがわかるはずです。

If **I** pro**fane** with **my** un**wor**thiest **hand**（いやしいわが手が、もしもこの
This **holy** **shrine**, the **gen**tle **sin** is **this**:（聖なる御堂を汚《けが》すなら、どうかやさしいおとがめ
　を。）
My **lips**, two **blush**ing **pil**grims, **ready** **stand**（このくちびる、顔赤らめた巡礼二人が、控え
　ています。）
To **smooth** that **rough** touch **with** a **ten**der **kiss**.（乱暴に触れられた手をやさしい口づけで
　なぐさめるため。）

このセリフは、ジュリエットの手を突然握り締めるところから始まります。その手を「聖なる御堂」と呼び、手を握って御堂を汚してしまったつぐないとして、その手にくちづけをしたいと言います。自分の二つのくちびるを二人の巡礼になぞらえて、その巡礼を聖なる御堂（手）に参拝させようというのです。ここで大切なのはセリフの意味だけではありません。四角でしるしをつけたとおり、1行目のhandと3行目のstandがライムし、

丸でしるしをつけた2行目の this と4行目の kiss がライムしていることに注意してください。このように互い違いのライムで成る4行を4行連句と呼びます。次にジュリエットが答えて——

JULIET　Good **pilgrim**, **you** do **wrong** your **hand** too **much**, (巡礼さん、それではお手がかわいそう。)

Which **mannerly** devotion **shows** in **this**; (こうしてきちんと信心深さを示しているのに。)

For **saints** have **hands** that **pilgrims'** **hands** do **touch**, (聖者にも手があって、巡礼の手と触れ合います。)

And **palm** to **palm** is **holy palmers'** **kiss**. (こうして掌《たなごころ》を合わせ、心を合わせるのが聖なる巡礼の口づけです。)

ジュリエットはロミオを「巡礼さん」——「恋人」という意味があります——と呼び、自分を「聖者」と呼んで、聖者と巡礼は掌《てのひら》と掌を合わせてキスをするのだと言います。ここでも、much と touch がライムし、this と kiss がライムする4行連句になっています。こうして掌と掌を合わせて二人は見つめあいますが、ロミオは、掌を重ね合わせるのではなく、くちびるを重ね合わせるキスをしたいと言います。

ROMEO　Have **not** saints **lips**, and **holy palmers** **too**? (聖者にはくちびるがないのですか、

そして巡礼には?)

JULIET　Ay, **pil**grim, **lips** that **they** must **use** in **prayer**. (あるわ、巡礼さん、でもお祈りに使うくちびるよ。)

次の2行以降のリズムが少し乱れていることにご注意ください。このことについてはのちほど説明します。

ROMEO　O **then**, dear **saint**, let **lips** do what **hands** do: (では、聖者よ、手がすることをくちびるにも。)

They **pray**: grant **thou**, lest **faith turn** to des**pair**. (くちびるは祈っています。どうかお許しを、信仰が絶望に変わらぬように。)

ここも、too と do がライムし、prayer と despair がライムする4行連句です。そして、いよいよキスをするセリフ――

JULIET　Saints **do** not **move**, though **grant** for **pray**er's **sake**. (聖者は心を動かしません。祈りは許しても。)

ROMEO　Then **move not**, **while** my **prayer's effect** I **take**. (では動かないで。祈りの験《しるし》をぼくが受け取るあいだ。) [He kisses her.] (キスをする)

「験《しるし》」というのは、「霊験《れいげん》あらたか」などというときの霊験、すなわち「祈願に対する効《こう》験《けん》」や「ご利益《りやく》」を指します。この2行は、sake と take でライムする2行連句（ライミング・カプレット）になっています。このように4行連句を3度繰り返してから2行連句で終わると、全部で14行になりますが、これこそ、十四行詩、すなわちソネット（イギリス式ソネット）と呼ばれる詩形式なのです。ライムの形を abab cdcd efef gg と表記します。

初対面の相手とたった14行のセリフを交わすなりキスをする高等な恋愛テクニックとは、ソネット形式の美しい詩を歌うことだったわけです。平安時代に和歌を詠《よ》みあって逢引をした風習に似ているところもありますが、この場合は最後にキスを奪うというのがポイントです。ソネットはそのための一種のムード・ミュージックになっていると言えそうです。

リズムに乗せてキスを奪え

ソネットのリズムは、ブランク・ヴァースのリズムと同じ、弱強5歩格です。ただし、いつも規則的に弱強が5回繰り返されるわけではありません。まるで機械のように単調に弱強が続いていったら、観客は眠ってしまうことでしょう。むしろリズムに変調が起ることのほうが自然であり、リズムが変わると「あれっ」と思って、聞いている人の集中が高まりますから、**シェイクスピアは一番大切なところでわざとリズムを外してみせます。**

先ほどのロミオの口説き文句でも、最後の4行のセリフに変調があります。

いよいよこれからキスをしようとするとき、ロミオは、「掌がしていること（what **hands** do）をくちびるにもさせてください（let **lips** do）」と言いますが、ここのところの英語は what **hands** do と弱強弱のリズムが繰り返され、行末が弱で終わるために、やわらかい感じがします。このように行末が弱で終わるものを女性行末《フェミニン・エンディング》と呼びます。最後が強で終わる男性行末《マスキュリン・エンディング》が力強い感じになるのと対照的に、やわらかい女性行末は、悩み、嘆き、穏やかさなどを表現するのに使われます。

たとえば、恐らく『ロミ・ジュリ』で一番有名な「ああ、ロミオ、ロミオ、どうしてあなたはロミオなの」にしても、**O Romeo, Romeo, wherefore art** thou **Romeo?** と、最後が弱で終わり、女性行末になっていますが、これもジュリエットの嘆きを表わすための仕掛けです。また、シェイクスピア作品のなかで最も有名かもしれないハムレットの「生きるべきか、死ぬべきか、それが問題だ」にしてもそうです。

To **be**, or **not** to **be**, **that** is the **question**.

最後が弱で終わる女性行末で、ハムレットの苦悩の様子が強調されるのです。しかも、that is のところが変調して、リズムにアクセントがつきます。

ロミオの口説き文句は、さあいよいよというところで、こうして女性行末によってロミオのためらいや優しさを表わすわけですが、次の「信仰が絶望に変わらぬように」の行では、強強弱弱強と急き立てるような感じになり、そして最後の行で「動かないで」（**move not**）の強勢によって、強く決めつける感じになっています。

つまり、**やさしくしておいて、急き立て、最後にうむを言わさないというリズム**があるわけです。これぞ女を落とすテクニックといったところでしょうか。

ソネット形式のセリフ

『ロミ・ジュリ』を書いていたころ、シェイクスピアは、ソネット形式の詩ばかりを集めた詩集を書いていましたが、その影響がこの劇にはっきりと表われています。ソネット形式は、今挙げたキス・シーンのみならず、劇の前口上《プロローグ》や第1幕と第2幕のあいだで歌われる歌でも使われ、全部で3回もソネットが歌われているのです。プロローグはとても有名なので、原文で見ておきましょう。今度は、行末のライムだけを確認することにします。

Two households both alike in dignity （花の都のヴェローナに）
In fair Verona, where we lay our scene （肩を並べる名門二つ、）
From ancient grudge break to new mutiny, （古き恨《うら》みが今またはじけ、）
Where civil blood makes civil hands unclean. （町を巻き込み血染《ちぞ》めの喧嘩《けんか》。）
From forth the fatal loins of these two foes （敵《かたき》同士の親を持つ、）

A pair of star-cross'd lovers take their life, (不幸な星の恋人たち、)
Whose misadventur'd piteous overthrows (哀れ悲惨な死を遂げて、)
Doth with their death bury their parents' strife. (親の争いを葬《ほうむ》ります。)
The fearful passage of their death-mark'd love (これよりごらんに入れますは、)
And the continuance of their parents' rage, (死《し》相《そう》の浮かんだ恋の道行き、)
Which, but their children's end, nought could remove, (そしてまた、子供らの死をもって)
Is now the two hours' traffic of our stage; (ようやく収まる両家の恨み。)
The which, if you with patient ears attend, (二時間ほどのご清聴《せいちょう》頂ければ、)
What here shall miss, our toil shall strive to mend. (役者一同、力の限りに務めます。)

行末のライムは、確かに abab cdcd efef gg となっています。このほかにも、半ソネット形式――ソネットの後半部分6行からなる形式――が劇中で4回用いられ、幕切れの大公による次のセリフもそのひとつとなります。(訳は75頁をごらんください)

A glooming peace this morning with it brings:
The sun for sorrow will not show his head.
Go hence to have more talk of these sad things.

Some shall be pardon'd, and some punished,
For never was a story of more woe
Than this of Juliet and her Romeo.

4行目の punished は最後にアクセントがあって「パニッシェッド」と読むので head とライムします。最終行が「ロミオとジュリエット」をひっくりかえした「ジュリエットと彼女のロミオ」という表現になっているのは、「ロミオ」——英語風に発音すれば「ロウミオゥ」——と「悲しみ」(woe)——発音は「ウォウ」——でライムさせるためです。上手にライムを響かせると恰好《かっこう》よく、「決まった!」という感じになるのですが、日本語で「悲しみのいたり」と「ものがたり」としても、駄洒落ぐらいにしか思ってもらえないのが悲しいところです。

啖呵を切りながら韻を踏む、キザなティボルトのレトリック

シェイクスピアは、劇的なセリフを朗々と歌いあげる場面では必ず韻文を用いますが、くだけた場面で散文を用いることもあります。たとえば、冒頭の従者たちの下品な会話と喧嘩騒ぎは散文によって表わされています。そこへキザなティボルトが飛び込んでくるや雰囲気ががらりとかわり、会話はとたんに弱強5歩格のブランク・ヴァースとなり、ライ

ムも始まり、高尚な感じになるのです。

あとでマキューシオがティボルトの剣術のことを「楽譜どおりに歌うがごとく、拍子、間合い、リズムを守って剣を抜く。ワン、ツーと短く休んで、スリーで相手の胸を突く」と言うように、恰好つけすぎというくらいに恰好をつけて剣を抜くのが大好きなティボルトは、次のように、仲裁をするベンヴォーリオのセリフに対してライムをぴたりと決めながら啖呵を切ります。

ベンヴォーリオ　**仲裁をしているだけだ。剣をしまえ。**

(I do but keep the peace, put up thy sword)

さもなきゃ、こいつらを引き分けるのに手を貸せ。

(Or manage it to part these men with me.)

ティボルト　**なに、剣をかざしながら仲裁に手を貸せ？　嫌な言葉で手かせをはめるな。♪**

(What, drawn, and talk of peace? I hate the word,)

そんな言葉は、虫酸《むしず》が走る。地獄かモンタギューか貴様ほどにな。♪

(As I hate hell, all Montagues, and thee:)

仲裁をしようとするベンヴォーリオの2行のセリフにひっかけて、sword に word、me に thee とライムし、まるでロミオとジュリエットが恋心を交わしたような4行連句で喧嘩を売っているのです。翻訳では「手を貸せ」と「手かせ」の言葉遊びによってティボルトの言葉に遊び心があることを示すぐらいしかできませんが、大切なのは、ティボルトは単に罵声を浴びせているのではなく、洒落っ気のあるダンディズムをただよわせながら剣を構えているということです。つまり、ティボルトは単なる乱暴者ではなく、言葉で戯れながら剣でも戯れようという、見栄っぱりな剣士なのです。

一方、ジュリエットと出会うまでのロミオも修辞だらけの飾り立てたセリフを連発しますが、ロミオの場合は、恋に恋する男の自己耽溺《たんでき》を表わします。ペトラルカ風の詩人気取りで言葉遊びにふけり、自分の恋心を描写します。ただし、ジュリエットと出会って本物の恋を見つけてからは、《バルコニーの場》以降、修辞がぐんと減って、言葉に真剣さが見えてきます。

逆にロザラインに恋しているころのロミオは、言葉遊びにうつつを抜かしている感じがします。初めて登場したときも、「驚きだ、いつも目隠しキューピッド、／見えぬ道行き、見ずに導く」（原文では still と will でライムします）というきざなセリフを言って気取っています。こうしたロミオの凝った言葉遣いは、ジュリエットからキスを奪うまで続きます。最初にジュリエットを見つけたときのロミオときたら、すっかりまいあがって、2行連句が連続する英雄詩体《ヒロイック・カプレット》という形式（23〜24頁参照）で有頂天になっているほどですが、ソネット形式でキスをして本物の恋に火がついてからは、一部の例外を除いて、ふっと言葉遊びが止《や》んで真剣になっていくのです。

2行連句の劇的効果

一部の例外とは、場面の最後で退場するときの決めゼリフや、長ゼリフの最後を締めてセリフが終わった感じを出すときなどによく用いられる2行連句のことです。あとで説明するとおり、照明もなければ舞台装置もなかったシェイクスピアの舞台では暗転も舞台転換もありませんでしたから、セリフによって場面が終わった感じを出すよりほか方法がなく、2行連句で見栄を切ることで退場のきっかけを作ったのです。

たとえば、《バルコニーの場》の最後で、ジュリエットもロミオもそれぞれ2行連句を言って退場します。ジュリエットは、「おやすみ、おやすみなさい。別れがこんなに甘くせつないものなら、／朝になるまで言い続けていたいわ、おやすみなさいと」(Good night, good night. Parting is such sweet sorrow / That I shall say good night till it be morrow) と、sorrow と morrow のライムを響かせて恰好よく決めたところで姿を消します。なにしろ、何もない舞台ですから、このようにセリフが「終わった!」という感じにならないと退場のきっかけがつかめないのです。

ロミオがティボルトを殺してしまって退場するときの次のセリフも、最後が2行連句でライムが響きます。

ベンヴォーリオ　何をぼうっとしている。捕まったら、死刑だぞ。行け、逃げるんだ！♪

ロミオ　ああ、俺は運命に弄《もてあそ》ばれる愚か者だ。

ベンヴォーリオ　なにをぐずぐずしている。♪

（ロミオ退場）

翻訳で見ると韻文なのかどうかさえわかりにくいですが、最後のベンヴォーリオのセリフが下がって印刷されていることにご注目ください。これが何を意味するのかは、原文を見て初めてわかります。

Stand **not amaz'd.** The **Prince** will **doom** thee **death**
If **thou** art **taken. Hence,** be **gone,** a**way!**
O, **I** am **for**tune's **fool.** / Why **dost** thou **stay?**

弱強5歩格であることを確認しながら見てみると、最後のベンヴォーリオのセリフはロミオのセリフに続くことがわかります。つまり、最後の行は、前半がロミオ、後半がベンヴォーリオと、半分ずつのセリフが合わさって弱強5歩格の一行が成立しているのです。こうしたセリフを「ハーフ・ライン」と呼び、前のハーフ・ラインとつながることを示すために後のほうのハーフ・ラインは下がって印刷されていたわけです。こうしてみれば、全体が3行の詩行であり、2行目と3行目がawayとstayがライムしていることがわかります。

ハーフ・ラインは直前のセリフに間を空けずにつながりますので、たたみかけるようになってテンポが速くなる感じがします。緊迫した雰囲気や、調子のよい感じを出すのによく用いられますが、一例として、キャピュレット家の舞踏会に忍び込もうとするロミオとマキューシオが調子よく会話する次のセリフをごらんください。

ロミオ　舞踏会に行こうという心はあるが、♪
　行こうというのは利口じゃない。
マキューシオ　　　　　　　　その心は?♪
ロミオ　昨夜《ゆうべ》夢を見た。
マキューシオ　　　　　　俺もさ。♪
ロミオ　どんな夢だ、君のは?
マキューシオ　　　　　　　夢を見る奴は嘘をつくという夢さ。♪

これも話し手を区別せずに原文を表記すれば、次のようになります。

And **we** mean **well** in **going to** this **masque**,

But **'tis** no **wit** to **go**. / Why, **may** one **ask**?
I **dreamt** a **dream** to**night**. / And **so** did **I**.
Well **what** was **yours**? / That **dreamers often lie**.

ロミオの最初の1行以外はすべてハーフ・ラインとなっており、全部で4行の詩行を形成しています。弱強5歩格《アイアンビック・ペンタミター》のリズムに乗って、masque と ask、I と lie がライムして2行連句が繰り返されることで、非常に調子のよい感じが出ています。場面の最後でもないのにこのように2行連句が繰り返されると、かなり詩的な、あるいは遊び心に富んだ台詞として響くのです。

テクストに盛り込まれたシェイクスピアの演出

映画やテレビで大人気の瀬戸朝香さんは、最初の舞台経験が『ロミ・ジュリ』でしたが、初めて『ロミ・ジュリ』の台本をごらんになったとき、「セリフしか書いてなくて、ト書きがほとんどないからびっくりした」とおっしゃっていました。確かに、シェイクスピアの戯曲にはト書きが極端に少ないということはよく指摘されることです。映画台本はもとより、普通の戯曲と比べても、その差は驚くほど明らかで、「登場」とか「退場」といったト書き以外、シェイクスピアはめったに何も書き込もうとしていないのです。

That thou her maide art far more faire then ſhe:
Be not her maide ſince ſhe is enuious,
Her veſtall liuery is but ſicke and greene,
And none but fooles do weare it, caſt it off:
It is my Lady, ô it is my loue, ô that ſhe knew ſhe wer,
She ſpeakes, yet ſhe ſaies nothing, what of that?
Her eye diſcourſes, I will anſwere it:
I am too bold, tis not to me ſhe ſpeakes:
Two of the faireſt ſtarres in all the heauen,
Hauing ſome buſines to entreate her eyes,
To twinckle in their ſpheres till they returne.
What if her eyes were there, they in her head,
The brightneſſe of her cheek wold ſhame thoſe ſtars,
As day-light doth a lampe, her eye in heauen,
Would through the ayrie region ſtreame ſo bright,
That birds would ſing, and thinke it were not night:
See how ſhe leanes her cheeke vpon her hand.
O that I were a gloue vpon that hand,
That I might touch that cheeke.
Iu. Ay me.
Ro. She ſpeakes.
Oh ſpeake againe bright Angel, for thou art
As glorious to this night being ore my head,
As is a winged meſſenger of heauen
Vnto the white vpturned wondring eyes,
Of mortalls that fall backe to gaze on him,
When he beſtrides the lazie puffing Cloudes,
And ſayles vpon the boſome of the ayre.
Iuli. O *Romeo, Romeo,* wherefore art thou *Romeo?*
Denie thy father and refuſe thy name:
Or if thou wilt not, be but ſworne my loue,
And ile no longer be a *Capulet.*
Ro. Shall I heare more, or ſhall I ſpeake at this?
Iu. Tis but thy name that is my enemie:
Thou art thy ſelfe, though not a *Mountague,*
Whats *Mountague?* it is nor hand nor foote,

D 2 Nor

シェイクスピアのオリジナル・テクスト（一五九九年出版）。本書26〜27、140〜141頁参照。

The most lamentable Tragedie

Young *Abraham*: *Cupid* he that ſhot ſo true,
When King *Cophetua* lou'd the begger mayd.
He heareth not, he ſtirreth not, he moueth not,
The Ape is dead, and I muſt coniure him.
I coniure thee by *Roſalines* bright eyes,
By her high forehead, and her Scarlet lip,
By her fine foot, ſtraight leg, and quiuering thigh,
And the demeanes, that there adiacent lie,
That in thy likeneſſe thou appeare to vs.
Ben. And if he heare thee thou wilt anger him.
Mer. This cannot anger him, t'would anger him
To raiſe a ſpirit in his miſtreſſe circle,
Of ſome ſtrange nature, letting it there ſtand
Till ſhe had laid it, and coniured it downe,
That were ſome ſpight.
My inuocation is faire & honeſt, in his miſtres name,
I coniure onely but to raiſe vp him.
Ben. Come, he hath hid himſelfe among theſe trees
To be conſorted with the humerous night:
Blind is his loue, and beſt befits the darke.
Mar. If loue be blind, loue cannot hit the marke,
Now will he ſit vnder a Medler tree,
And wiſh his miſtreſſe were that kind of fruite,
As maides call Medlers, when they laugh alone.
O *Romeo* that ſhe were, ô that ſhe were
An open, or thou a Poprin Peare.
Romeo goodnight, ile to my truckle bed,
This field-bed is too cold for me to ſleepe,
Come ſhall we go?
Ben. Go then, for tis in vaine to ſeeke him here
That meanes not to be found. *Exit.*
Ro. He ieaſts at ſcarres that neuer felt a wound,
But ſoft, what light through yonder window breaks?
It is the Eaſt, and *Iuliet* is the Sun.
Ariſe faire Sun and kill the enuious Moone,
Who is alreadie ſicke and pale with greefe,

That

「第二幕第二場」という幕場割りもなければ、ト書きもほとんどないことがわかります。右頁の下から8行目に「ロミオ、ロミオ、どうしてあなたはロミオなの」があります。

しかし、今申し上げたように、セリフの文体によってその言い方が決まってくるところがありますから、あえてト書きを書かなくてもよかったのだとも言えそうです。シェイクスピアの演出意図はセリフのスタイルで表現されているということです。ハーフ・ラインになっていれば、「テンポよく、たたみかける感じで」という指示ですし、2行連句になっていれば、「詩的に、あるいは大仰に言葉を響かせて」という指示があることになります。半ソネット形式なら「朗々と謡《うた》うように」といったところでしょうか。また、場面全体として雰囲気を切り替える場合には、韻文から散文に、あるいは散文から韻文に切り替えるといった手法も取っています。

速い散文

朗々と謡いあげる韻文に対し、散文にはスピード感があります。散文で表現される場面というのは、たいてい、言葉の量で圧倒するようなおしゃべりの場面です。ロミ・ジュリの影法師であるマキューシオと乳母は、ともにおしゃべりな人物として活躍しますが、立て板に水を流すような二人のあふれる饒舌を表現するのは散文です。一例として、マキューシオが致命傷を受けたときのセリフを見てみましょう。

ロミオ　**しっかりしろ、傷は浅い。**

マキューシオ　ああ、井戸ほど深かァねえし、教会の門ほど広かァねえが、充分だ。効き目は充分！　明日《あした》俺を訪ねてみろ、この俺は何もかもぶちこわして破壊し、墓石になっている。だめだ、この世とおさらばだ。どっちの家もくたばっちまえ。畜生、犬っころ、どぶねずみに家ねずみ。あの猫野郎、人間さまをひっかいて殺しやがった。ほら吹きの悪党の馬鹿野郎、ワン、ツー、スリーと算数よろしくの剣術だ——なんだって、おまえ、割って入った？　おまえの腕の下からやられたんぞ。

マキューシオは死ぬ間際でも駄洒落を言うほど舌がよく回る男だということがわかります。「破壊し、墓石」の洒落は、原文では you shall find me a grave man（俺は〈まじめな男〉／〈墓の男〉になっている）となっており、grave の２つの意味で遊んでいます。ちなみにこれまでの翻訳を見てみますと、「はからずも墓に眠る変わりはてたおれの姿をみとめるだろう」（小田島雄志訳）、「はかなく墓に納まっているよ」（松岡和子訳）、「はかなや、お墓入りってやつよ」（中野好夫訳）、「俺は性根を入替え、墓の下で世をはかなんでいるだろう」（福田恆存訳）など、それぞれ工夫を凝らして訳しています。大切なのは、この洒落で観客にクスッと笑わせること。すると、あとで本当にマキューシオが墓に入る男になってしまって洒落にならないということがわかり、観客は気まずい思いをすることになります。それまでの喜劇的な展開がマキューシオの死によって一挙に悲劇へ変わる効果が、駄洒落の笑いが瞬時に冷えることで強められるのです。

ともあれ、このマキューシオの調子のよいセリフを見ても、とめどなくしゃべる感じが散文によってよく表わされていることがわかります。機関銃のような言葉の連射のなかに、ふっと「なんだって、おまえ、割って入った？」と核心を突くセリフが出てくることで、芝居が引き締まります。

また、とりとめのない会話をする召使や道化らも散文で話し、主人公たちの朗々とした韻文に対して息抜きの場面を作り出します。散文と韻文のこうした使い分けや、ライムやハーフ・ラインなどの用法をみると、自ら舞台にも立ったシェイクスピアが、演出を考えながら作品を書いていたことがよくわかります。しかも、その演出たるや、最初にお話しした時間のトリックのみならず、空間のトリックさえも使っており、そのトリックの仕掛けとしてテクストの修辞的効果を用いることもあったほどです。そこで、次に、セリフのレトリックを用いた空間のトリックの例をいくつか見てみることにしましょう。

空間のトリックとセリフのレトリック

空間の話をするために、シェイクスピアの劇場について基本的な事項を確認しておきましょう。

シェイクスピアの劇場は何？　と聞くと、「グローブ座」という答えが返ってくることが多いのですが、グローブ座は一五九九年に造られた劇場ですので、一五九四―六年ごろに書かれた『ロミ・ジュリ』が初演されたのはグローブ座ではありません。カーテン座と呼ばれる一五七七年に建てられたイギリスで二番目の劇場です（ちなみにイギリス初の劇場であるシアター座は一五七六年に設立されました）。

当時の劇場の様子

ただし、その基本的構造はグローブ座と一緒。すなわち、幕も照明装置もない劇場でした。舞台の奥にはディスカバリー・スペースと呼ばれる空間があり、そこのカーテンを開けると、なかに用意された場面が見える仕掛けになっています。その左右には舞台に登場する入り口があり、上は二階舞台になっていて、《バルコニーの場》などが演じられました。大道具を使わず、何もない空間でもっぱら観客の想像力を頼りにして演じるしかないと、かえって自由に空間をワープさせることができます。狂言で、何もない舞台を一巡りして「何かというう ちに都じゃ」と言えば都に着いたことになるように、シェイクスピアの舞台でも舞台転換なしに非常にスピーディな展開が可能だったというわけです。さて、それでは、文体を劇的効果として用いたワープの実例を見てみることにしましょう。

第1回のお話では省略しましたが、マキューシオの「マブの女王」の夢の話の直後（23頁）、ロミオたちが舞踏会会場に入りこもうとするくだりは次のように続きます。

マキューシオ　頭の無駄な働きが生み出した妄想さ。
　つまらん空想が生みの親。
　空気のようにとらえどころがなく、
　風よりもふらふらしている。
〔中略〕
ベンヴォーリオ　おまえの風の話で本筋から吹き飛ばされた。
　晩餐《ばんさん》は終わり、今から行っても遅すぎるかもしれない。
〔中略〕
ロミオ　行こう、みんな。
ベンヴォーリオ　太鼓を打ち鳴らせ。

ベンヴォーリオの「太鼓を打ち鳴らせ」というセリフを合図に、ロミオたちは再び松明《たいまつ》をかざしながら夜道を歩き始め、舞台奥へさがって行きます。すると、舞台奥のディスカバリー・スペースのカーテンがさっと開いて、キャピュレット家の召使たちがナプキンをもって登場します（ここは、さすがに入り組んでいるので、シェイクスピアもいくつかト書きを書いています。なお、〔 〕は原文にない説明です）。

ロミオら一同が舞台をぐるりと行進しているあいだに、召使たちがナプキンを持って前に出てくる。

召使頭〔ピーター〕　ポットパンはどこだ。片付けも手伝わないで。皿も運ばん、拭《ふ》きもせんとはどういうことだ！

召使一〔ポットパン、独白〕　ちゃんとした給仕の作法を知っているのが一人か二人しかいなくて、そいつらが手も洗ってねえんだから、ひでえ話だ。

召使頭　折りたたみ椅子を片付けろ。食器棚をどけろ。その皿、気をつけろ。おまえ、マジパンを少し取っといてくれ。それから、悪いが、門番に、スーザン・グラインドストーンとネルが来たら、通してやるように言ってくれないか。（一人の召使退場）アントニー、ポットパン！

召使二〔アントニー〕　おう、ここだ。

召使頭　探してたんだぞ。呼ばれてんだ、すぐ来いって。なんでいないんだ、大広間に。

召使一（ポットパン、前へ出て）　ここにいるんだ。向こうにいるわけねえだろ。――さあ、しまっていこうぜ、みんな！　せっせと働け、長生きすれば長者になるのも夢じゃねえ。

（召使たち退場）

召使たちが舞踏会の準備におおわらわという様子が散文のスピードに乗って演じられます。一方、ロミオたちはそのまま舞台上をぐるりと行進し続けていますから、舞台では二つのことが同時進行していることになります。夜道と室内とが両方舞台上にあるということです。ロミオたちがぐるりと舞台を回り終えて元の場所に戻ってこようとするころ、召使たちはセリフを言い終えて元のディスカバリー・スペースへ吸い込まれるように入っていき、入れ違いに大勢の仮面舞踏者たちが舞台奥の左右の入り口から登場してきます。

大勢の客達や淑女達が登場し、仮面をつけたロミオたちを迎える。

キャピュレット　ようこそ、諸君！　足にまめができていないご婦人方が皆さんの踊りの相手をしてくださるでしょう。

キャピュレットが舞台前方中央に進み出ると、ちょうど行進を終えて舞台前方に到達したロミオたちを出迎えるような形になり、キャピュレットはロミオたちに「ようこそ、諸君！」と挨拶。そこから舞踏会の場、すなわち《出会いの場》が始まります。芝居の流れは一瞬たりとも滞《とどこお》ることはなく、暗い夜道を行進していたロミオたちはいつの間にか光り輝く舞踏会の広間へと移動していることになります。

召使たちが登場してきた時点で場面がキャピュレット家の屋敷のなかに変わると考えられるので、そこより第1幕第5場とされるのが通例ですが、それは後代の編者が勝手に決めたものであり、シェイクスピアはそんな幕場割りをしていません。そもそも、召使たちが登場する瞬間には、まだ舞台上でロミオたちが夜道を行進しているのですから、幕場割りはできないはずなのです。大切なことは、ロミオたちが行進を始めてから、行進を終えてキャピュレットに話しかけられるまでの間を、スピード感のある散文が埋めているということです。この散文による小さな一場によって、時空間がワープし、暗い夜道の場と明るい舞踏会の場がつながっているのです。まさに散文を用いた空間のトリックと言えるでしょう。

空間のトリックの例をもうひとつ見てみましょう。今度は散文ではなく、2行連句が問題となります。《出会いの場》が終わると、歌手が登場して恋のソネットを歌い、夜会から帰るマキューシオとベンヴォーリオがロミオをからかいながら探す短い場面に続いて、いよいよ、ロミオがバルコニーにいるジュリエットに語りかける《バルコニーの場》となりますが、この場面転換にトリックがあるのです。

普通、歌が入るところから「第2幕」とされ、マキューシオとベンヴォーリオが登場する「第2幕第1場」には「キャピュレット家の庭園の壁に沿った小道」というト書きが入れられることもありますが、こうしたト書きにしても幕場割りにしても、シェイクスピアが生きていたら「俺はそんなもの書いていないぞ」と驚く代物《しろもの》です。この劇には幕場割りそのものが一切ありませんし、また、場面ごとに場所の指定をするという戯曲の書き方は近代演劇のものであり、後代の編者が近代演劇の慣習をシェイクスピア作品に押しつけたのです。こうした「編纂済み」のテクストを読むと、どこまでがシェイクスピアのテクストなのかわからなくなりがちですから注意が必要です。

なにはともあれ、《バルコニーの場》の直前にワープが起こる瞬間を見てみましょう。

ベンヴォーリオ　じゃあ、行こう。むだだよ、
見つかりたくもない奴を探してみてもはじまらない。

〔ベンヴォーリオとマキューシオ〕退場。

ロミオ　**人の傷見て笑うのは、傷の痛みを知らない奴だ。**
だが待て、あの窓からこぼれる光は何だろう?

ロミオは、身を隠したまま、自分がさんざんからかわれているのを聞き流して、マキュ

ーシオとベンヴォーリオがあきらめて帰るのを見送ります。そして、二人をやりすごしたロミオが舞台前面に歩み寄りながら、ふと二階舞台を振り返る、そのときにはもうロミオはいつのまにか塀を越えて、ジュリエットのバルコニーのあるキャピュレット家の庭園へと足を踏み入れているのです。そこはさっきまでロミオがいたはずの「キャピュレット家の庭園の壁に沿った小道」ではないという理由で、シェイクスピアもびっくりの次のような加筆がほとんどの現代のテクストになされています。

ベンヴォーリオ　**うん、行こう。だいたいむだな話だよ、探したって。むこうは見つかりたくないんだから。**（**退場**）

第二場　キャピュレット家の庭園

（**ロミオ登場**）

ロミオ　**他人の傷あとを笑えるのは、自分で痛手を負ったことがないからだ。**

ここにある「第二場」という幕場割りや「キャピュレット家の庭園」というト書きは原文にはありません。そうしたものを入れてしまうことは、場面の連続性を重んじるシェイクスピアの意図を蔑《ないがし》ろにすることになります。というのも、ベンヴォーリオの最後のセリフ（'tis in vain / To seek him here that means not to be found.）と、ロミオの最初のセリフ（He jests at scars that never felt a wound.）は、2行連句になっているからです――wound「傷」の発音は当時、ワウンドでしたので、found（ファウンド）とライムしました。つまり、シェイクスピアはあえて場面転換が起こる瞬間に2つの場面を2行連句でつなぎとめることにより、空間がいつの間にか変わっている雰囲気を演出しているのです。流れるような演出こそがシェイクスピアの目指すところだったのであり、それを近代的戯曲の書き方に合わせて編纂してしまう編者の介入には気をつけなければなりません。翻訳や現代版のシェイクスピアのテクストを読むときには、それが本当にシェイクスピアのオリジナル・テクストなのか確かめる必要があるのです。

流れるような演出の例は多数あります。《バルコニーの場》で二階舞台にあったはずのジュリエットの寝室は、そのあとの展開ではいつのまにか下の主舞台に移っているのですが、この転換も観客に意識されない形で行われます。また、ジュリエットの寝室が、ジュリエットが薬を飲んで倒れてベッドのカーテンが閉められた瞬間、広間へと変わって、キャピュレットが「急げ、急げ」と号令をかけて婚礼の準備におおわらわになっているうちに朝になり、乳母がベッドのカーテンを開こうとするところで再び寝室へ変わるというのも、流れる演出の例です。しかも、その間の時間経過たるや、最初は「3時だ」と言いながら、その直後には「夜が明けた」と叫ぶほどのすばやさです。「薬を飲む寝室」→「準備に忙しく、あっという間に時間がたつ広間」→「死体が発見される寝室」という場面転換が、いわばベッドのカーテンの開閉だけで行われるというわけです。ところが、この流動性を無視して、それぞれを第4幕の第3場、第4場、第5場と区切ってしまう幕場割りがこれまで採用されてきました。これもまたシェイクスピアのドラマを壊してしまう慣習と言うべきでしょう。

ブルックの『ロウミアスとジュリエットの悲劇的物語』では、ジュリエットが薬を飲むところから「死体」となって発見されるところまで一続きに記述されており、婚礼の準備の大騒ぎは描かれていませんから、シェイクスピアが場面転換や時間経過を巧みに操作して緊迫感のある劇に仕立て上げたことがわかります。

これまでシェイクスピアはブルックの本を種本としたと言ってきましたが、ブルックにも種本があり、その種本にも種本がありますので、ブルックとの比較よりも、もともとの原話であるロミ・ジュリ伝説との関係を考えた方がいいかもしれません。そこで、この授業の締めくくりとして、ロミ・ジュリ伝説がどのようにシェイクスピアの名作に変わっていったのかをお話しして終わることにしましょう。

ロミ・ジュリ伝説から名作へ

ヴェローナに行きますと、ジュリエットがロミオと逢引した有名なバルコニー付きのジュリエットの家が観光名所になっていますから、この物語は実話だと信じる人も多いのですが、残念ながら実話ではなく、昔から語り継がれた伝説にすぎません。右胸にさわると恋がかなうと言い伝えられる可愛いジュリエット像も、彼女の墓も、それからロミオの家も、みな観光客をひきつけるために作られたものです。

一三〇二年ないし一三〇三年に実際に起こった悲劇だと説く歴史書まであるので、だまされる人が出てくるのも仕方がありませんが、そうした本はシェイクスピアが『ロミ・ジュリ』を書いたころになって書かれたものであり、おそらく書いた歴史家自身もだまされていたのでしょう。そのあたりの事情は、ロミ・ジュリ伝説の流れを追っていけばわかります。この話を伝える最も古い本は、一四七六年にナポリで出版されました。物語の舞台はヴェローナではなくシエナ。しかも、恋人たちの名前も違っていました。その概要は次のようなものです。

シエナの青年マリオットは、神父の助けを得て密かに可憐な娘ジアノッツァと結婚しますが、喧嘩で人を殺して追放されます。娘の短気な父は何も知らずに娘に別の男との結婚を強要し、娘は神父からもらった眠り薬を飲み、その後、目がさめたとき墓場から神父に助け出されます。一方、このことを知らせる使いが足止めをくらったため、マリオットは恋人が死んだと信じてシエナに戻り、彼女の墓を暴くのですが、捕えられて処刑されます。娘は神父により無事に修道院に保護されますが、悲しみのために死んでしまいます。

——結末部分が違うものの、ロミ・ジュリの話に酷似しており、これが原話であると考えてよさそうです。

恋人たちの名前がロメオとジュリエッタに変わり、舞台がヴェローナに移ったのは、一五三〇年ごろ出版されたルイジ・ダ・ポルト作の物語『ジュリエッタ』からです。この本は、話を13世紀イタリアに実在した二つの名家に結びつけ、話に信憑性を与えました。すなわち、ローマ教皇と神聖ローマ皇帝の政治的対立が都市内外の派閥闘争となって激化していた13世紀当時、ダンテの『神曲』にも言及されるほど激しかった教皇派のモンテッキ家（モンタギュー家）と皇帝派のカプレーティ家（キャピュレット家）の対立を利用して、モンテッキ家の嫡男をロメオ、カプレーティ家の一人娘をジュリエッタとしたわけです。実話だと言われるようになるのは、この本の見事な歴史的設定のおかげです。しかしながら、ヴェローナに住んでいたのはモンテッキ家のみで、カプレーティ家はイタリア北部のクレモナに住んでいたので、両家をヴェローナの二名門とした物語の設定には、やはりフィクションがまじっています。

このダ・ポルトの物語『ジュリエッタ』にシェイクスピアの『ロミ・ジュリ』の原型があります。というのも、マルクチオ（マキューシオ）、テバールド（ティボルト）、ロドローネ伯爵（パリス伯爵）といった人物は、ダ・ポルトによって創作されたものだからです。ロミオが毒を飲んだあと、目を覚ましたジュリエットも自害するというドラマティックな悲劇的結末を書き加えたのもダ・ポルトにほかなりません。

これをきっかけにして、話はどんどん熟成していきます。イタリア人作家マッテオ・バンデッロが一五五四年にこの物語を書き直したとき、乳母と、ロミオの親友ベンヴォーリオに相当する人物とが初めて導入され、ロドローネ伯爵はパリス伯爵と名前を変えられました。ロミ・ジュリが最初に出会った晩に結婚を決意するのも、この話からです。なお、作曲家ベリーニのオペラ『カプレーティ家とモンテッキ家』は、シェイクスピアの作品ではなく、バンデッロの話に基づいているため、《バルコニーの場》がないなどの大きな違いがあります。

また、ダ・ポルトやバンデッロの話では、二人は死ぬ前に再び言葉を交わしています。

せっかくもう一度抱擁しあえたのに、ロミオはすでに毒を飲んでおり、嘆くジュリエットの腕のなかで苦しみながら死んでいくというメロドラマ風な展開になっていたのです。一七四八年から演じられたデイヴィッド・ギャリックによる『ロミオとジュリエット』の改作でもこのクライマックスが採用され、19世紀半ばまで観客の涙をしぼりました。その影響もあるのでしょうか、グノー作曲のオペラやベルリオーズ作曲の劇的交響曲では、墓場で再開した二人が最後のデュエットを歌います。そういえば、バズ・ラーマン監督の映画『ロミオ＋ジュリエット』でも、ロミオが死んでしまう前にジュリエットが目を覚まして観客をどきどきさせますが、あの展開は、もともとの話に近いということになります。

ジュリエットが目を覚ます前にロミオが絶命するというストーリーに書き替えられたのは、バンデッロの作品が一五五九年にフランス人ピエール・ボエステュオによってフランス語に翻訳されたときでした。この版で、初めて薬屋が登場し、ジュリエットの自害の仕方が窒息から短剣へ変えられました。フランス語版で加えられたさまざまな変更はブルックの英語版を通してシェイクスピアに伝えられます。

最も重要な改変を加えたのは、シェイクスピアでした。たとえば、初めて乳母を登場させたのはバンデッロであり、それをおしゃべりで陽気な人物に仕立て上げたのはブルックですが、乳母にジュリエットの心の友としての役割を与えたのはシェイクスピアです。また、マキューシオをロミオの分身《ドッペルゲンガー》としたのもシェイクスピアの独創であり、ロミオの男ぶりを問題にしたのもシェイクスピアだけなのです。

また、ジュリエットはバンデッロの話では18歳であり、ブルックの話では16歳ですが、シェイクスピアはさらに、あと2週間で14歳になる13歳に引き下げてヒロインの若さと純真さを強調しました。

シェイクスピアによる何よりも重要な大改造は、ブルックの物語では9カ月にも及んでいた話をたった6日間（5日間？　4日間？）に短縮してドラマの緊迫性を増したことでしょう。時間が短縮され、物語にスピードがついたことで、この芝居に命の火がともります。ロミオとジュリエットは、すさまじい速さで恋の道を駆け抜け、死へ突き進む——その様子は、これまでお話ししてきたとおりです。こうして、伝説の物語は名作へと生まれ変わったのです。

☆

若さとは、そして恋とは、めくるめく速さによって表象される〈瞬間の美〉なのだと言えるかもしれません。そして、ロミ・ジュリと一緒に濃密な時間を駆け抜けてきた観客がこの物語を振り返って印象に残っている場面とは、やはり二人が初めて出会ってファースト・キスをする《出会いの場》や、月夜のバルコニーで愛を誓い合う《バルコニーの場》なのではないでしょうか。それらの場面は、この疾走する恋物語のなかでも、一瞬一瞬の〈瞬間の美〉が永遠に光輝くように思われる場面だからです。

瞬間のなかに永遠を見出すこと。それが真の恋なのでしょう。そして私たちは、このシェイクスピアの名作を読むことによって、本という閉ざされた瞬間のなかにつめこまれた永遠の恋を味わうことができるのです。

もっと知るために——読書案内

翻訳

小田島雄志訳『ロミオとジュリエット』（白水Uブックス、一九八三）

松岡和子訳『ロミオとジュリエット』（ちくま文庫、一九九六）

河合祥一郎訳『新訳　ロミオとジュリエット』（角川文庫、二〇〇五）

アーサー・ブルック著、北川悌二訳『ロウミアスとジューリエット』（北星堂、一九七九）

テクスト

岩崎宗治編注、大修館シェイクスピア双書『ロミオとジュリエット』（大修館書店、一九八八）

Jill L. Levenson, ed., *Romeo and Juliet* by William Shakespeare, Oxford World's Classics (Oxford: Oxford University Press, 2000)

研究書

Jay L. Halio, ed., *Shakespeare's 'Romeo and Juliet': Texts, Contexts, and Interpretation* (Delaware: University of Delaware Press; London: Associated University Press, 1995)

Joseph A. Porter, ed., *Critical Essays on Shakespeare's 'Romeo and Juliet'* (New York: G. K. Hall & Co., 1997)

一般書

『フォトブック　ロミオとジュリエット』（双葉社、二〇〇五）

高田康成ほか編『シェイクスピアへの架け橋』（東京大学出版会、一九九八）

『アエラムック　シェイクスピアがわかる』（朝日新聞社、一九九九）

C・ウォルター・ホッジズ著、河合祥一郎訳『絵で見るシェイクスピアの舞台』（研究社、二〇〇〇）

高橋康也編『シェイクスピア・ハンドブック』新装版（新書館、二〇〇四）

松岡和子『シェイクスピア「もの」語り』（新潮社、二〇〇四）

河合祥一郎『シェイクスピアは誘う　名せりふに学ぶ人生の知恵』（小学館、二〇〇四）

辞典

高橋康也ほか編『研究社シェイクスピア辞典』（研究社、二〇〇〇）

荒井良雄ほか編『シェイクスピア大事典』（日本図書センター、二〇〇二）

著者紹介
河合祥一郎（かわい・しょういちろう）
一九六〇年生まれ。東京大学大学院助教授、放送大学客員助教授。専攻はイギリス演劇・表象文化論。演劇の現場と結びついた精緻なシェイクスピア読解が注目される。著書に『謎解き「ハムレット」』（三陸書房）、『ハムレットは太っていた！』（白水社）、『シェイクスピアは誘う』（小学館）ほか。訳書に『二人の貴公子』、『エドワード三世』（以上、白水社）、近年上演の「ハムレット」（ジョナサン・ケント演出、野村萬斎主演／蜷川幸雄演出、藤原竜也主演）のために翻訳した『新訳　ハムレット』、『新訳　ロミオとジュリエット』（以上、角川文庫）ほか。

理想の教室
『ロミオとジュリエット』恋におちる演劇術

二〇〇五年五月三十日　印刷
二〇〇五年六月十日　発行

著者――河合祥一郎
発行所――株式会社　みすず書房
東京都文京区本郷五−三二−二一
〇三−三八一四−〇一三一（営業）
〇三−三八一五−九一八一（編集）
http://www.msz.co.jp

本文印刷所――理想社
表紙・カバー印刷所――栗田印刷
製本所――誠製本

ISBN 4-622-08302-7